Verloren in Kiew

OLAF GOLDAMMER

Verloren in Kiew

Eine Krimreise ohne Wiederkehr

Bibliografische Information der Deutschen Nationalbibliothek:
Die Deutsche Nationalbibliothek verzeichnet diese Publikationen der
Deutschen Nationalbibliografie; detaillierte bibliografische Daten sind
im Internet über http//dvb.dnb.de abrufbar

© 2019 Olaf Goldammer
Grafik: OlegDoroshin/ Helen Bloom/ Photosite/ Shutterstock.com
Satz, Umschlaggestaltung, Herstellung und Verlag:
BoD – Books on Demand, Norderstedt

ISBN: 978-3-7494-0333-2

1

Als ich zu meinem Koffer hinüberblickte, erbrach das kleine Mädchen gerade. Es war mit seinem Großvater, vermutlich handelte es sich jedenfalls um diesen, kurz nachdem der Trolleybus das Stadtgebiet von Jalta verlassen hatte, an der Haltestelle von Nikitsky Sad zugestiegen. Die beiden hatten ihren Platz dort gefunden, wo ich meinen Koffer hingeschoben hatte. Sie hatten eine Reservierung für diese beiden Plätze nach der Tür im hinteren Teil des wohl erst wenige Monate alten Gelenkbusses westeuropäischer Produktion bekommen. Vor ihrer Sitzreihe war eine von der Decke bis zum Boden durchgezogene Glasfront, die den Eingangsbereich abtrennte. Hinter der Glaswand und somit vor ihren Füßen war aus Stahlrohren ein Rechteck gefasst, wohl eben für Zwecke der Gepäckverstauung und -fixierung. Hier hatte mein Handgepäckkoffer wunderbar hineingepasst, während ich selbst ja auf der linken beziehungsweise Fahrerseite vor meiner eigenen Sitzreihe eine andere hatte und links von mir einen weiteren Reisenden und damit eben keinen Raum für die Bagage. Den kleinen Rucksack mit Reiseproviant hatte ich auf meinen Schoß genommen. Zu jeder Sitzreihe gehörte eine Haltestange, die in Hüfthöhe jeweils auf der Rückseite der Vordersitze angebracht war und zum Festhalten beim Aufstehen und Hinsetzen diente.

Das Mädchen erbrach still und leise. Ich hatte die beiden einsteigen sehen, sie dann vergessen und gerade in diesem Moment daran gedacht, dass mir selbst in meiner Kindheit bei längeren und auch kürzeren Busreisen regelmäßig schlecht geworden war, wenn der Bus so vor sich hin schaukelte, stoppte und wieder beschleunigte oder Kurven fuhr. Bei Reisen mit dem elterlichen Personenkraftwagen erging es mir nicht anders. Ich und besonders mein Magen waren zu sensibel für die Hektik des Straßenverkehrs. Schon wenn ich in das Auto einstieg und mir der Kunstledergeruch der Inneneinrichtung mit einer Note von kaltem Zigarettenrauch in die Nase stieg, drohte sich der Mageninhalt einen Weg nach oben zu bahnen. Wenn sich mein Vater dann während einer mehrstündigen Fahrt eine Zigarette anzündete, war es trotz des in der Regel weit heruntergekurbelten Fahrerfensters binnen Sekunden vorbei, das Frühstücksbrötchen wieder draußen und mit einigem Glück in der Tüte und nicht auf dem Boden oder auf der Mittelkonsole zwischen den beiden Vordersitzen verteilt. Mein Vater hatte bei solchen Gelegenheiten früher immer sehr schnell anhalten und eine mindestens halbstündige Pause einlegen müssen. Stets waren Plastiktüten im Auto vorrätig, eben für den nicht seltenen Fall, dass das Brötchen schneller kam als die nächste Haltemöglichkeit.

Der Großvater hatte augenblicklich, und bevor sich der würzige Mageninhalt der Kleinen über ihre Kleidung hätte ergießen können, eine dünne Plastiktüte hervorgeholt und sie dem Kind unter den Mund gehalten. Die Plastiktüte war von der Art, wie man sie in Supermärkten für kleinere Mengen Obst findet, damit die Einkaufstasche nicht verklebt, und nicht von übermäßiger Stabilität. Dort hinein hatte die Wnutschka, so heißen die russischen Enkelinnen und auch die ukrainischen im russischsprachigen Teil des Landes und auf der Krim, eine nicht geringe Menge bereits weitgehend verdauter Nahrung hineingespuckt. Jetzt war sie offensichtlich fertig, die Wnutschka, mit der Nahrungsmittelrückgewinnung. Die Kleine tat mir außerordentlich leid. Aus eigener Erfahrung weiß ich, dass das Erbrechen im Bus oder Auto und bereits der Gedanke daran zu den unangenehmsten Kindheitserinnerungen überhaupt gehören.

Die Kleine hatte – soweit ich das erkennen konnte – brav in die Tüte gezielt, aber selbst wenn im Eifer des Erbrechens kleinere oder größere Mengen danebengegangen wären, hätte ich ja nicht wirklich böse sein dürfen. Das Erbrochene bricht sich seine Bahn und lässt sich nur wenig kontrollieren. Gleich nach der Sorge um das Wohl der Kleinen rangierte bei mir demnach auch die um meinen Koffer. Der stand immer noch direkt vor den beiden. Die Gefahr, in der sich mein Koffer und mehr noch sein Inhalt befanden, hatte ich nicht rechtzeitig erkannt. Jetzt war im Grunde genommen eh alles zu spät, und ich konnte nur hoffen, dass meine Bagage unversehrt geblieben war. Ich war zutiefst beunruhigt.

Vielleicht sollte ich einfach zu meinem Koffer hinübergehen und mich von seinem Zustand überzeugen. Aber was brächte das? Wenn er vollgekotzt wäre, könnte ich die beiden kaum haftbar machen, ebenso wenig könnte ich den Koffer vor meiner Ankunft in Kiew fachgerecht säubern und den bitter-säuerlichen Geruch beseitigen. Wenn der Koffer hingegen unbeschmutzt wäre, wäre meine Sorge vollkommen unnötig, und ich erschiene wohl den Mitreisenden als kaltherzig und materialistisch gefühllos. Alle hatten ja den erbärmlichen Zustand der Kleinen mitbekommen, und auch wenn ich keinem der Anwesenden Ressentiments gegenüber reichen West-touristen unterstellen wollte, war doch klar, dass ihre Sympathien eher auf der Seite der Wnutschka lagen als bei mir.

Ich blieb also sitzen. Außer mir konnte in dem Bus ohnehin niemand ahnen, wie wichtig es für mich ausge-rechnet an diesem Tag beziehungsweise an dem darauf-folgenden Morgen war, mit sauberen Klamotten und in einem gesundheitlich und optisch makellosen Zustand auf dem Kiewer Hauptbahnhof Kiev Passashirsky anzu-kommen. Keiner der Mitreisenden ahnte, wie lange ich diesem Moment entgegengesehnt hatte. Immer denke ich daran, wenn ich auf Reisen mein Gepäck abgebe, dass es verloren gehen könnte. Meistens kann man am Zielort eine Zahnbürste nachkaufen, eine Unterhose und ein Paar Socken vielleicht. Und alles ist wieder gut oder zumindest halbwegs. Aber diesmal hatte ich nur zwei Tage und eine Nacht und keine Zeit, auch nur eine Mi-nute davon in einem Geschäft zu vergeuden.

Den Bus hatte ich absichtlich so gewählt, dass ich bei Verpassen desselben den nächsten hätte nehmen können oder ein deutlich teureres Taxi, um doch noch mein Ziel, den Bahnhof von Simferopol, erreichen zu können. Von hier aus wollte ich den Nachtzug nach Kiew nehmen.

Den Zug musste ich also bekommen, koste es, was es wolle.

Ein Jahr zuvor hatte ich schon einmal ein Flugticket von Frankfurt nach Kiew gebucht und es dann in letzter Sekunde verfallen lassen. Eine solche Anreise wäre viel einfacher gewesen. Der Flieger wäre wahrscheinlich vorhersagbar pünktlich in der ukrainischen Hauptstadt angekommen, ich hätte mir ein Taxi genommen und wäre in die Innenstadt zum vereinbarten Treffpunkt gefahren oder wäre vom Flughafen abgeholt worden. Ich wäre erwartet worden und hätte mir um das Zustandekommen des Wiedersehens keine Gedanken machen müssen. Jetzt war alles viel komplizierter. Ich war zuvor von Frankfurt nach Jalta gereist, hatte noch im Flugzeug nicht genau gewusst, was und wer mich dort auf der Krim erwartete, wusste in Jalta dann nicht, ob ich mit dem Zug nach Kiew reisen und ein Ticket hierfür erwerben könnte, ich den Bus zum Bahnhof in Simferopol rechtzeitig erreichen und der Zug auch tatsächlich fahren würde, ob ich in Kiew wie erhofft pünktlich ankäme und abgeholt würde. Das alles und wahrscheinlich noch viel mehr wusste ich nicht. Der Ausflug nach Kiew war mit zahlreichen Unwägbarkeiten gespickt. Aber mit dem Flugzeug von Deutschland nach Kiew zu fliegen und dann direkt zum Treffpunkt zu fahren, wäre ungefähr genauso frevelhaft gewesen wie ein Flug von Frankfurt nach Santiago de Compostela mit Besuch der Kathedrale und Anbetung des heiligen Jakobus samt seinen Gebeinen und anschließender sofortiger Rückreise, statt die mühsame und anstrengende Pilgerreise über den Jakobsweg auf sich zu nehmen.

Man sagt, dass sich das Erhoffte am Wallfahrtsort umso eher einstellt, je mehr Anstrengungen der Wallfahrer auf sich genommen hat und je mehr Zeit ihm blieb, sich auf sein Ziel und die Begegnung mit der Putte, dem Schrein, dem Kreuz, den Knochen, der Asche, dem Geist, ganz allgemein dem spirituelle Kraft aussendenden Etwas, innerlich vorzubereiten.

Deshalb saß ich jetzt also im Bus und wusste nicht, ob mein Gepäck unversehrt geblieben war und ob ich am Zielort meiner Reise überhaupt plangemäß einträfe.

Auf dem Weg nach Simferopol gab es außer den drei bereits angefahrenen Haltestellen weitere 25, die sich hälftig auf die Küstenregion bis Aluschta und auf die längere Strecke im Inneren der Halbinsel aufteilten.

Als ich wieder zu dem Großvater und seiner Enkelin hinüberblickte, hing die Plastiktüte zusammengeknotet an der Haltegriffstange, die in Hüfthöhe hinter der Glaswand von links nach rechts und über meinem Gepäck verlief. Vermutlich hatte der Großvater die Tüte dort befestigt. Die Tüte mit ihrem Inhalt schaukelte nun im Rhythmus von Beschleunigen und Abbremsen hin und her. Die Straße hatte auf Anordnung von Präsident Janukowitsch in den vergangenen Jahren einen neuen Oberflächenbelag bekommen. Schlaglöcher, wie ich sie bei meinem ersten Besuch auf der Krim vor fast einem Jahrzehnt kennengelernt hatte, waren nicht zu sehen und beim Fahren auch nicht zu spüren. Der Bus glitt sozusagen über die zarte Haut der Straße nach Simferopol.

Wahrscheinlich hatte ich es dem Präsidenten höchstpersönlich zu verdanken, wenn die Tüte nicht riss. Denn unter seinem Vorgänger, dem im Westen zunächst höchst angesehenen, aber im Inland kraftlos gebliebenen Viktor Juschtschenko, hätten die Beschaffenheit der Straße und die hierdurch verursachten Stöße die Tüte mit der Süß-Sauer-Füllung vermutlich längst zum Reißen gebracht.

In diesem Moment gehörte ich zu den Profiteuren des Präsidenten, von denen es im Land und auf der Krim viele gab. Bei meiner Ankunft waren die gut ausgebaute Straße und der Präsident, der den Ausbau veranlasst hatte, hoch gepriesen worden. Für die meist russischsprachigen Krimbewohner bedeuteten die Straße und ihre Modernisierung bestimmt vierzig bis sechzig Minuten weniger Fahrzeit auf der Strecke Jalta–Simferopol. Ich konnte die Dankbarkeit dieser Menschen gut nachvollziehen. Die Krim und insbesondere das vom Krimgebirge eingefasste Jalta sind schön, aber von allen übrigen Orten der Welt fürchterlich weit weg. Nach Kiew zu fahren, war zu der Zeit meiner Reise auch ohne Schlaglöcher immer noch eine Tortur (und seit der Besetzung der Krim ohnehin bis auf weiteres unmöglich).

Irgendwo zwischen Artek und Aluschta verließen der Großvater und seine Enkelin den Bus. In Artek hatten zu Sowjetzeiten seit 1925 die Allunions-Pionierlager stattgefunden. Zunächst kamen Kinder und Jugendliche, um ihrer Tuberkulose Linderung zu verschaffen, später wurden vor allem Klassenbeste der Sowjetunion und der sozialistischen Bruderstaaten als Anerkennung für ihre Leistungen dorthin geschickt. Fidel Castro und andere Leitfiguren der kommunistischen Idee machten dem Lager ihre Aufwartung. Die Haltestelle zum Lager stammte aus diesen Zeiten. Plakate mit den alten Parolen und lebensgroße Pionierbilder, die auf zugeschnittenem Holzuntergrund klebten, zeugten vom Geist dieser Epoche und ragten zwischen den landschaftstypischen Zypressen und vereinzelten Palmen hervor. Aluschta machte von der Durchgangsstraße aus gesehen den Eindruck einer modernen postsozialistischen Bettenburg. Der Reiz der Stadt verbarg sich jenseits der Hauptstraße am Wasser, was schon Griechen und Skythen zum Siedeln veranlasst hatte.

Die Tüte aus dünnem Polyethylen hatte der Großvater zurückgelassen. An dieser Haltestelle stiegen mehrere Personen ein und aus. In Windeseile und ohne vorher Chancen und Risiken der Aktion abzuwägen, sprang ich von meinem Sitz auf und zu meinem Koffer und der darüber hängenden Tüte hin. Ich löste die Tüte vorsichtig und lief nach draußen, um sie in dem Abfalleimer der Haltestelle zu entsorgen. Als ich wieder im Bus war, klappten hinter mir die Türen zusammen. Ich war erleichtert.

Angesichts meiner nur rudimentären Russischkenntnisse und der Spontanität der Aktion hatte ich mich vorher nicht mit den übrigen Fahrgästen abgesprochen. Ich konnte nicht einschätzen, ob es Sinn gemacht hätte, andere Reisende anzusprechen und sie zu bitten, den Bus für mich entsprechend lang anzuhalten. Vermutlich sahen sie gar nicht das Problem, das ja auch nicht ihres war, sondern meins und natürlich das des Busfahrers, der den Bus am Ende hätte säubern müssen, wenn die

Tüte irgendwann heruntergefallen oder gerissen wäre und mein Koffer eben nicht alles abgefangen hätte. Sonst hätten die Fahrgäste ja vorher auch den Großvater ansprechen und höflich zur Mitnahme des Kotzbeutels auffordern können. Jeder hatte wahrscheinlich genug eigene Probleme.

2

Vor zwei Wochen war ich nach Jalta gekommen, um mein Russisch zu verbessern. Das Ganze war die Idee meiner Lehrerin in Frankfurt gewesen. Sie hatte immer eine Reihe von ambitionierten, teilweise naiv wirkenden, manchmal jedoch genialen Ideen, die sie nicht nur für sich selber verfolgte, sondern die sie auch für andere Leute, wie eben für mich und solche, die danach fragten, bereithielt. Ich lernte bei ihr seit nunmehr drei Jahren Russisch, anfangs, als ich noch von einer beruflichen Verwendung meiner Sprachkenntnisse träumte, mit mehr Esprit, im Laufe der Zeit mit deutlich weniger. Die Idee der Mission war, Vokabular, Satzstrukturen und Klang in mein Sprachzentrum zu befördern und dort dauerhaft zu verankern. Dazu sollte ich eine Weile im Land verbringen, am besten in einer Familie oder – ich weiß nicht, wie meine Russischlehrerin darauf kam und wie sie sich das im Einzelnen vorstellte – bei einer jüngeren Dame, die mir Kost und Logis gewähren und mich darüber hinaus die Sprache lehren sollte gegen ein geringes Entgelt und zusätzlich das Versprechen, von mir eine Einladung nach Deutschland zu bekommen. So richtig ich die Idee fand, nach Russland zu fahren oder eben dorthin, wo die Russen in den vergangenen Jahrhunderten ihre Leute angesiedelt und die Sprache eingeführt hatten, so windig und unausgegoren erschien mir die ursprüngliche Idee, einfach ein Ticket zu kaufen und mit ausreichend textiler Wechselgarnitur und Kleingeld für drei oder mehr Wochen irgendwohin zu fliegen und dann auf das Gelingen der Aktion zu hoffen. Der jetzige Plan war oder schien zumindest durchdachter: Ich sollte in Jalta an der Universität Russisch lernen, mit oder in einer Familie leben, dort essen, trinken und wohnen, und alles sollte durch ein kulturelles Begleitprogramm eingerahmt sein. Als Gegenleistung wollte ich einige Vorträge über die Finanzkrise in Deutschland und der Welt, die Bankenlandschaft im Allgemeinen und die politische Situation in Deutschland halten. Durch dieses Tauschgeschäft sollte eine intensivere Verzahnung mit Kultur und Leben des Gastlandes sichergestellt werden, als dies durch Buchung eines üblichen Sprachprogramms zu erwarten gewesen wäre. Wir hatten, meine Russischlehrerin fungierte als eine Art Agentin, ein Vortragskonzept mit zehn verschiedenen Themen zur Universität geschickt. Die Universität hatte den Deal mündlich akzeptiert, war darüber hinaus aber zu keinen weiteren Zusicherungen bereit gewesen, wie man sich das in unseren Breitengraden bei einer Arbeitsaufnahme oder eben auch bei einer Urlaubsreise vorstellt. Vor der Flugbuchung hatte ich über meine »Agentin« um Angaben zum Auditorium gebeten, um die Vorträge entsprechend ausrichten zu können und – das war unausgesprochen der Hintergedanke meiner Nachfrage – um vor allem mehr Verbindlichkeit in das Agreement hineinzubekommen. Es wurden Studenten der höheren Semester, Professoren der wirtschaftswissenschaftlichen Fakultät und Vertreter der örtlichen Bankenlandschaft angekündigt.

Ich hatte in den Wochen seit der Flugbuchung meine ganze Freizeit dafür verwendet, den angekündigten Vortragsreigen mit Inhalt zu füllen, die von mir vertretenen Thesen wissenschaftlich abzusichern und entsprechende deutsche und englische Foliensätze vorzubereiten. Wissenschaftlich gearbeitet hatte ich schon seit Studiumszeiten nicht mehr und Vorträge, zumal in einem solchen Umfang, waren eher die Ausnahme gewesen.

Nachdem die 737-800 der Ukrainian International Airlines sanft auf dem Flughafen von Simferopol gelandet war und ich Pass- und Gepäckkontrolle als einer der Letzten hinter mir gelassen hatte, stieg die Spannung. Jetzt sollte sich zeigen, ob der mündliche beziehungsweise per E-Mail fixierte Deal Bindungswirkung entfaltet hatte. Ich hoffte. Ich hatte keinen Plan B.

Bei meinem bisher einzigen Besuch auf der Krim kurz nach der Jahrtausendwende hatten wir in Simferopol übernachtet. Wir waren aus Kiew nachmittags oder frühabends mit dem Zug angekommen; eine Weiterreise nach Jalta war an diesem Tag nicht mehr möglich. Wir übernachteten in einem Hotel, das vom Abriss nicht mehr weit entfernt zu sein schien. Immerhin war das Zimmer zu kalt und das Klima der Steppe zu trocken für Kakerlaken, so dass wir die Unterkunft nicht mit ihnen teilen mussten wie die Tage zuvor bei meinem Aufenthalt in der auch unter den Krabbeltieren mit dem massiven Chitinpanzer beliebten Dniprmetropole. Außer uns war hier niemand abgestiegen. Der Taxifahrer hatte uns in das Hotel chauffiert, das mit seiner Ausstattung an ein Landjugendheim in den frühen sechziger Jahren erinnerte. Als wir am nächsten Morgen den Frühstückssaal betraten, waren wir die einzigen Gäste. Aber das würde sich vielleicht in der Hauptsaison ändern, die noch bevorstand. Es gab eine Art Frikadelle und Kartoffelpüree, dazu Muckefuck. Die Hauptstadt der damals noch autonomen Teilrepublik Krim machte auf Touristen keinen einladenden Eindruck. Man kam hier an oder flog von hier weg oder nahm den Zug. Wahrscheinlich konnte man aber inzwischen für 300 Dollar aufwärts die Nacht in einem Hotel der Spitzenklasse verbringen. Simferopol, das mitten in die Steppe gebaut war, war damals Ende Mai schon extrem trocken gewesen, für eine ausreichende Bewässerung von Grünflächen fehlten wahrscheinlich nicht nur das Geld, sondern auch nachhaltige Wasservorräte. Abends waren wir noch in einer Nachbarschaftsdiskothek unweit des Hotels gelandet. Hier aß ich meinen ersten Kaviar. Alles wirkte sehr unwirtlich. Simferopol war nicht Krakau, war nicht Leipzig oder Salamanca.

Ich trat aus dem Kontrollbereich in die Empfangshalle. Die meisten Reisenden waren schon abgeholt worden oder standen weiter hinten in der Empfangshalle in Gruppen zusammen und warteten auf Instruktionen ihrer Reiseleiter. Ein Schild mit der Aufschrift »Universität Jalta – Herr Silbermann« war unübersehbar. Erleichtert steuerte ich auf den Herrn zu, der das Schild hielt. Evgenij Leonidowitsch Slovianski. Evgenij, ein leicht untersetzter verschmitzt lächelnder Mittfünfziger mit grau meliertem, kurz geschnittenem Haar und Schnauzbart, begrüßte mich noch über das Absperrgitter hinweg und stellte mir die Zwillingsbrüder Vitalij und Vassilij vor.

Vitalij und Vassilij wusste ich später fast nie auseinanderzuhalten, es sei denn, sie übten gerade ihre Profession aus oder eine Tätigkeit, die der eine besser, der andere schlechter oder gar nicht konnte. An diesem Tag war das nicht anders. Beide trugen sie weiße Jeans und weiße Polo-Shirts, dieselbe Art von Turnschuhen (weiß), die gleiche Sonnenbrille, die gleiche Goldkette, die sie von ihrer Mutter geschenkt bekommen hatten und in die wahrscheinlich ihre Namen eingraviert waren. Daran hätte man sie dann unterscheiden können. Beide Brüder lehrten an der Universität. Der eine als Professor, der andere war als Dozent in derselben Bildungseinrichtung tätig. Die Geschwister hatten Evgenij begleitet, um mich vom Flughafen abzuholen, weil Evgenij zwar der Chef der Fakultät und ein anerkannter Wissenschaftler, aber ein vermutlich weniger überzeugender Autofahrer war. Vitalij besaß zwei Autos, wie er während der Fahrt nach Jalta berichtete, traute sich aber nicht, längere Strecken selbst zu steuern. Zu den größeren Distanzen zählte er auch die 90 Kilometer von Jalta nach Simferopol, für die man selbst bei guter Fahrweise und auch nach der erfolgten Generalsanierung immer noch annähernd zwei Stunden benötigte. Dafür war nun wiederum Vassilij, der Universitätsprofessor, mitgekommen. Vassilij saß gerne am Steuer. Je größer der Schlitten, desto lieber. Wir fuhren jetzt in einem BMW X5. Ich wollte nicht fragen, ob es der Wagen von Vassilij war oder eben der von Vitalij, den der sich nicht zu fahren traute. Gut möglich, dass sich beide je einen X5 zugelegt hatten. Ich fragte nicht nach. Stattdessen lobte ich die Nobelkarosse, die deutsche Ingenieurskunst im Allgemeinen und die Automobiltechnik im Besonderen. Nichts anderes wurde von mir erwartet. Jetzt auf die Pannenstatistik des ADAC und die bekannt gewordenen Manipulationen hinzuweisen, die Überlegenheit japanischer Zuverlässigkeit, das gute Preis-Leistungsverhältnis anderer europäischer Marken, wäre unter Umständen als zu kleinkariert interpretiert worden und – schlimmer noch – als vollkommen unpatriotisch. Wie ich später erfuhr, fanden es die Zwillinge sehr wichtig, mit dem Auto ihren sozialen Status zu unterstreichen. Man musste das Spiel der Neureichen und real weiter existierenden Apparatschiks mitspielen, wenn man anerkannt und ernst genommen werden wollte. Ein wenig so, wie in Deutschland dem Bankangestellten oder Investmentbanker eher geglaubt und ein sich anbahnender Betrug ignoriert wird, wenn der Banker im Nadelstreifenanzug auftritt anstatt in einer abgewetzten Jeans. So machten der X5 und sein Fahrer eben Eindruck auf die Studenten, die Universitätsleitung, die zuständige Regierungsbehörde der damals noch autonomen Teilrepublik Krim und möglicherweise auch im fernen, aber wichtigen Kiew. Also lobte ich den Fahrkomfort und fühlte mich auch aufgrund Vassilijs umsichtiger Fahrweise sicher.

Vassilij sprach während der Fahrt nur wenig. Das lag daran, dass er sich auf das Fahren konzentrieren wollte, aber auch an seinen weniger ausgeprägten Englischkenntnissen. Die Unterhaltung übernahm weitgehend Vitalij, der an der Fakultät Wirtschaftskurse in englischer Sprache gab. Evgenij hatte zwar vermutlich in der

Vergangenheit ebenso Englisch gelernt, allerdings zu einer Zeit, als es zumindest jenseits des Eisernen Vorhangs unvorstellbar war, dass es dem Russischen einmal den Rang ablaufen könnte. Jetzt wollte er sich keine Blöße geben. Immerhin trug Evgenij die Gesamtverantwortung für das wissenschaftliche Tauschgeschäft. Dass man mir am Flughafen mit drei Leuten die Aufwartung gemacht hatte, lag folglich nicht ausschließlich an der Wertschätzung meiner Person, sondern eben auch an der real praktizierten Arbeitsteilung.

Wir schwebten über den Asphalt des Präsidenten. Zwischendurch tauchten am Straßenrand Frauen mit Kopftüchern auf. Ich sah ein Minarett. »Это Татары[1]«, sagte Evgenij. Ich hatte die Geschichte der Krimtataren nicht parat. Glücklicherweise war es ja weder für sie noch für die Russen oder Ukrainer auf der Krim ein Problem gewesen, dass sie alle verschiedenen Ethnien angehörten. Jetzt, da ich diese Zeilen schreibe, dürfte sich das Zusammenleben der Krimbewohner wahrscheinlich zum Schlechten verändert haben. Der Konflikt auf der Krim ist aus den Nachrichten verschwunden. Überschattet wird die Annexion der Krim durch die schon Jahre andauernden Kämpfe in der Ostukraine. Wenn ich anrufe, höre ich, dass sich die Jungen, wenn sie können, auf den Weg in die Hauptstadt machen oder weiter nach Westen, nach Lviv in den freien Teil der Ukraine. Auch die, die ihre Lehre und ihr Denken nicht dem Diktat des Autokraten in Moskau unterwerfen wollen, verlassen

---

1   »Das sind Tataren«

die besetzte Halbinsel. Was mit den Tataren ist, weiß ich nicht. Wahrscheinlich verhalten sie sich ruhig, um nicht unnötig aufzufallen. Man möchte hoffen, dass sich Geschichte[2] nicht wiederholt.

Evgenij war mir mit seinem verschmitzten Lächeln sofort sympathisch gewesen. Er war einer, der immer wusste, was er sagte, aber nicht immer alles sagte, was er wusste. Einer, der Ironie verstand und bei dem ich später manchmal selbst nach reiflichem Abwägen der einen oder anderen Interpretationsmöglichkeit nicht wusste, wie er etwas genau meinte und ob er das, was er sagte, auch wirklich dachte. Einer, der Sachen andeutete, dem aber übertriebene Offenheit fremd war. Vielleicht war es einfach Unbekümmertheit, die ihm fehlte und mir im Gegensatz dazu meistens anhaftete. Jetzt während der Fahrt mühte ich mich, den Eindruck von Seriosität zu vermitteln, nicht zu viel zu sagen und vor allem nicht das Falsche. Schließlich war ich kein praktizierender Dozent, sondern Praktiker mit gelegentlicher Vortragserfahrung. Die Sprachbarrieren verhinderten, dass wir allzu viele Informationen austauschen konnten.

Vitalij erkundigte sich nach meinem akademischen Werdegang und lobte die Studenten für ihr hohes Niveau, ihre Internationalität und intellektuelle Reife. Ich hoffte mit meinen beschränkten Englischkenntnissen

---

2   Im Mai 1944 deportierte Stalin alle ca. 190.000 Krimtataren nach Zentralasien und bezichtigte sie kollektiv der Kollaboration mit der deutschen Wehrmacht. Fast die Hälfte der deportierten Krimtataren starb beim Transport oder in den ersten Monaten nach der Zwangsumsiedlung. Erst 1988 durften die Tataren im Rahmen von Gorbatschows Perestroika auf die Krim zurückkehren.

nicht zu hemdsärmelig daherzukommen und die Erwartungen an mich, die in diesem Moment noch höhergeschraubt wurden, nicht zu enttäuschen.

Dann fragte Vitalij, ob wir noch am Strand vorbeifahren sollten. Ich konnte ihn und seinen Bruder nicht einschätzen. Ich tat ihnen in diesem Moment womöglich Unrecht, vielleicht hätten sie sich auch durch einen Vergleich geehrt gefühlt. Sie erinnerten mich ein wenig an Playboys. Gunter Sachs, Alain Delon und russische Oligarchen wie Michail Prochorow und Boris Beresowski erschienen vor meinem geistigen Auge. Schillernd, zwielichtig, korrupt. Ich wusste ja, dass sich Jalta mittlerweile zu einer Art Saint Tropez des Ostens entwickelt hatte. Reiche Russen kamen en masse. Es wurde geprotzt und gefeiert. Koks und Nutten waren bestimmt keine Mangelware, bei denen, die es sich leisten konnten. Gorbatschow und alle sowjetischen Präsidenten vor ihm hatten hier ihre Sommerresidenz gehabt. Jetzt waren es ukrainische Präsidenten und Minister, die lieber das mediterrane Klima von Jalta genossen und mit russischen Oligarchen feierten, anstatt sich mit den schwierigen Geschäften des Regierungsalltags in Kiew herumzuquälen und dort mit schusssicherer Weste herumzulaufen.

Mit ihren weißen Jeans, der Sonnenbrille, den Edelsneakern, dem Goldkettchen und natürlich dem X5 kamen mir die Zwillinge in diesem Augenblick viel cooler und abgebrühter vor, als sie tatsächlich waren. Sie waren ganz in Ordnung, wie ich später feststellte.

Aber in diesem Augenblick wollte ich nicht mit ihnen in eine Bar an den Strand. In der Retrospektive weiß ich nicht, was mir derart widerstrebte. Irgendwie wartete schon genug Ungewissheit auf mich. Ich wusste nicht, wo ich die kommenden Wochen untergebracht werden sollte, wie die Vorträge ankommen würden. Immerhin schloss ich die Variante nicht aus, dass sie sagten: Kennen wir alles schon, das ist nichts Neues für uns, Dankeschön, auf Wiedersehen. So erging es mir manchmal bei meinen Reisen nach Polen. Da hatte ich drei Stunden schön mit einer meist jüngeren Dame getanzt, und dann verschwand sie plötzlich, weil zu Hause noch der Freund wartete oder mein Deo plötzlich versagte. Ich stand dann allein da und überlegte, wie der angefangene Abend sinnvoll zu Ende zu bringen wäre. Mein Rückflug ging in drei Wochen. Auf der Arbeit hatte ich nur einer Hand voll Leuten erzählt, was ich auf der Krim vorhatte. Zu peinlich, wenn der Plan scheiterte. Ich wollte die Sache langsam anlaufen lassen.

Oder die Sache mit Masha. Die hatte ich, kurz nachdem ich nach Frankfurt gezogen war, bei einer Internetkontaktbörse kennengelernt. Wir hatten uns ziemlich schnell zum gemeinsamen Joggen verabredet. Ich erzählte – vollkommen unprofessionell – total viel von mir, anstatt ihr den aktiveren Part zu überlassen. Als die große Runde im Huthpark geschafft war, ging sie zu ihrem Fahrrad, sagte: »Dankeschön, Wiedersehen, aber ich weiß noch nicht, ob wir uns wiedersehen.« Das Ch wie bei lachen und sehen wie säen. Ich war damals etwas bedröppelt nach Hause gefahren, denn ich hatte mir den ganzen Samstagabend in Erwartung einer spannenden Begegnung freigehalten. Ähnliches sollte mir jetzt nicht mit meiner Vortragstätigkeit widerfahren. Zum einen natürlich der Sache selbst wegen, aber auch, weil ich ja schon eingeplant hatte, wenn irgend möglich, an einem Wochenende nach Kiew zu fahren.

Als wir vor einer guten Dekade von Simferopol nach Jalta gefahren waren, hatte ich fast nichts sehen können von der Straße, den Häusern und Hütten, den Feldern und Wäldern, die den Weg säumten, und den Bergen und Tälern, die die Straße durchschnitt. Damals war alles viel rumpliger gewesen als jetzt bei der Fahrt in dem X5. Wir hatten morgens das Hotel verlassen und waren mit einem Taxi zu einem zentralen Sammelpunkt gefahren, wo ein Dutzend Marschrutkas standen, die auf Gäste warteten. Wir gingen von dort, wo uns das Taxi abgesetzt hatte, zu einem der Minibusse, einem Suzuki Carry Van. Mein Onkel hatte sich so einen zugelegt, als der Wagen neu auf den deutschen Markt kam. Zu viert konnte man dort ziemlich bequem sitzen und zudem noch Gepäck verstauen. Vlada drückte mich durch die Schiebetür hinein. Auf der Rückbank waren noch zwei Plätze frei. Ich wollte den kleinen Trolleykoffer gerade neben mich in die Ecke stellen, als noch eine weitere Person zustieg und auf der Rückbank Platz nahm. Das Köfferchen stellte ich notgedrungen auf meinen Schoß, so dass nun auch die Sicht nach vorne versperrt war. Seitlich gab es nur in der Reihe der Vordersitze Scheiben. Der Suzuki-Bus war wohl ursprünglich als Kleintransporter ausgeliefert worden und wurde in dieser Tradition in gewisser Weise auch jetzt genutzt. Der Wagen verfügte nach seiner Umrüstung über jeweils drei Plätze auf den drei Rücksitzbänken und einen neben dem Fahrer. Als alle zehn Fahrgäste irgendwie saßen, schloss jemand von draußen die Tür, und der Fahrer ließ den Motor an. Der Kleinbus kroch mehr, als dass er fuhr, was angesichts der Zuladung kaum verwunderte. Immerhin bewegte er sich fort. Der Koffer touchierte mein Gesicht. Die Brille hatte ich abgenommen, aus Sorge, sie könnte sich verbiegen oder die Gläser würden herausgedrückt (was bei dem Modell regelmäßig vorkam und für den Optiker ein gutes Geschäft war). Man durfte damals um die Jahrtausendwende keine Ansprüche stellen an den Fahrkomfort in der Ukraine, und für viele ihrer Bewohner hat sich bis heute nichts daran geändert. Ich möchte mich nicht weitergehend über die vorhandene beziehungsweise nicht vorhandene Bequemlichkeit der Transportmittel auslassen, jedenfalls sah ich nichts. Der Suzuki-Transporter schaukelte hin und her, lag tief, die Achsen waren – gefühlt – leicht durchgedrückt. Jede Unebenheit der Straße – und davon gab es viele – war zu spüren. In einer der Kurven setzte der Bus einmal kurz auf.

Ich hatte während der Fahrt mit dem Minibus nichts von der Krim und ihren Bewohnern gesehen und war daher nun bei meinem erneuten Besuch der Halbinsel ob der Minarette und Kopftücher überrascht. Es ist nicht so, dass ich auf der Krim die ersten Kopftücher gesehen hatte. Aber ich hatte sie nicht erwartet.

In Jalta hatten uns am zentralen Sammelpunkt für die Marschrutkas sofort zwei Frauen abgefangen, um uns eine Unterkunft zu vermitteln. Das gibt es auch in südeuropäischen Städten am Bahnhof oder am Flughafen. Weil ich damals nichts verstand, vermutete ich dahinter immer gleich irgendwelche Gaunereien. Ich ließ Vlada alles machen. Und einmal wären wir vermutlich wirklich beinahe Opfer krimineller Energie geworden. Wir wollten nach Gursuf. Weil gerade kein Minibus fuhr, sprach Vlada einen Mann an, der uns zu einem schwarzen Wagen der oberen Mittelklasse mit abgedunkelten Scheiben führte. Wir stiegen hinten ein. Auf meiner Seite setzte sich noch jemand dazu, dann wurde die Tür auf Vladas Seite geöffnet. Ein weiterer Mann wollte einsteigen. Vlada und ich entschieden in diesem Moment, das Auto so schnell wie möglich zu verlassen. Ich drückte Vlada raus und rutschte dann nach. Wir nahmen den nächsten Minibus.

Die Straße (des Präsidenten) führte uns über den Scheitelpunkt des taurischen Gebirges, das die Bucht des Großraums Jalta einfasst, nach Aluschta und von da unterhalb der Wetterscheide weiter nach Jalta. Evgenij wollte wissen, ob ich, wenn schon nicht zum Strand, doch zumindest noch in ein Café wollte. Ich wollte.

Wir waren im lebhaften Zentrum Jaltas angekommen. Die Straße führte an einem Fluss entlang. Im Auto war es wegen der eingeschalteten Klimaanlage kühl. Draußen musste es merklich wärmer sein. Die Passanten kamen uns in kurzen Hosen und Röcken, T-Shirt und Bluse, in Badelatschen und teilweise mit Badetaschen beladen entgegen. Entlang der Straße standen vereinzelt Palmen. Am Flughafen war es frühlingshaft frisch gewesen.

In Frankfurt hatte ich von den unterschiedlichen Klimazonen gelesen. Mit Vlada war ich Anfang Juni auf der Halbinsel gewesen. Es war damals am Strand heiß, das Wasser hatte die 15-Grad-Marke aber noch nicht überschritten. Vlada setzte daher wie eine Ballerina stets nur ihre Fußspitzen in das Wasser, das in sanften Wellen am Kieselstrand umschlug, und erschrak jedes Mal, wenn das Wasser höher spritzte. Bei unserem Ausflug in die Berge war es hingegen unangenehm kühl und feucht gewesen.

Ich hatte mir damals gar keine Gedanken gemacht über die Krim, das Klima und die dieses begünstigende Topografie. Natürlich kannte ich die Bilder von Brandt und Breschnew, die bei einem Bootsausflug in der Bucht von Jalta entstanden waren. Damit verband ich aber mehr die von Brandt eingeleitete Entspannungspolitik und das Ost-West-Klima als das mediterrane und subtropische Klima.

Wir ließen die Sakkos im Auto und überquerten die Straße, auf der Vassilij geparkt hatte. Es roch stark nach Diesel. Ich blendete den Gestank aus. Ein paar Meter weg von der Straße ließ sich das mediterrane Ambiente schon wieder unbeschwert genießen. Und das taten die vielen Touristen denn auch. Im Frühsommer, im Juli und August und im Spätsommer, wahrscheinlich noch im Oktober kamen sie aus der ganzen Ukraine und schon zu dieser Zeit wieder verstärkt aus Russland hierhin auf die Krim, um sich bei subtropischen Temperaturen zu erholen und von den Widrigkeiten des Alltags, vor allem aber von der belastenden Hektik der Metropolen, der beißenden Luft der Industriestädte auszuspannen.

Früher in Sowjetzeiten mussten das recht viele gewesen sein, die auf die Krim kamen. Eine halbwegs gesicherte Anstellung, die Mitgliedschaft in der Partei, das Engagement im Betrieb, der Einsatz für die Völkerfreundschaft, die Mitarbeit in einem der unzähligen Komitees der sozialistischen Gesellschaft sorgten dafür, dass man bei der Zuteilung der Herbergs- und Transportplätze von Zeit zu Zeit Berücksichtigung fand. Jetzt zog der Tourismus offensichtlich langsam wieder an, nachdem er zu Beginn der Unabhängigkeit der Ukraine Anfang der neunziger Jahre zunächst einmal zusammengebrochen war.

Auf jeden Fall machte die Straße mit den Palmen, den Urlaubern, den jungen Pärchen, den Autos, den rauchenden Männern, den von alten Mütterchen feilgebotenen Früchten, den Ständen für Klamotten, Brillen, Sonnenhüte, Badeschuhe, den Straßenmalern, den Jongleuren, dem Gehupe, dem Lachen, dem Rufen, dem Vogelgezwitscher einen ähnlich lebhaften und gelösten Eindruck, wie man es von der italienischen und französischen Riviera Ende der sechziger Jahre her kannte, als noch keine Betonburgen in die Landschaft gestellt waren und der Tourismus für alle Beteiligten noch vergleichbar mit dem Reiz einer gerade aufgehenden Knospe war.

Das Restaurant, auf das Evgenij zielstrebig zugesteuert war, lag gleich hinter dem Bürgersteig. Zwei Stufen führten hinab in den Gastraum, der ein bisschen aussah wie eine griechische Taverne. Die Einrichtung war eher praktisch billig als rustikal romantisch. Immerhin: Der Laden war halb gefüllt. Das gleißende Neonlicht störte hier keinen. Gleich nachdem wir einen Platz gefunden hatten – der Wirt hatte schnell zwei kleine quadratische Holztische zusammengestellt –, verschwand Evgenij. Ich verstand nicht genau, warum. Vitalij und Vassilij sagten, dass er nur kurz fort sei. Was ich denn trinken wolle? Ich nahm ein Bier. Wie die beiden Brüder. Der Wirt stellte vier kleine Gläser auf den Tisch, die Tochter brachte zwei Teller mit Чебуреки (Tschebureki), frittierte mit Hackfleisch gefüllte Teigtaschen. Tschebureki gelten als tatarisches Nationalgericht und haben sich während des Bestehens der Sowjetunion über den ganzen russischsprachigen beziehungsweise russifizierten Raum verteilt. Ich ahnte, dass die Teigtaschen in massig Fett gebraten waren, und war vielleicht deshalb ganz froh, als Evgenij zurückkam und einen halben Liter Wodka aus einer Tüte auspackte. Evgenij füllte nun mein Glas und auch seines. Die Brüder wollten nicht und erklärten, dass sie grundsätzlich keinen Wodka tränken. Das war für mich in Ordnung. Andererseits befürchtete ich, dass Evgenij und ich die Flasche nun alleine leeren müssten. Ich hatte keine Ahnung, wo und bei wem ich an diesem Abend untergebracht werden würde und welche kommunikativen und logistischen Herausforderungen auf mich noch warteten. Einen totalen Absturz hatte ich mit Wodka bisher noch nicht erlebt, aber viel gefehlt hatte wohl in einigen Fällen auch nicht. Ich hatte den ganzen Tag nur wenig gegessen und noch weniger getrunken und fühlte mich leicht dusig im Kopf. Es ging um die Teigtaschen, den Wodka, ein wenig um das Wetter, den nächsten Tag. Da wollte Evgenij mit mir einen Ausflug machen und mich dazu von meiner Unterkunft abholen. Nach dem zweiten Glas brachen wir auf, die Flasche war noch zu einem Viertel voll. Draußen hatte mittlerweile die Dämmerung eingesetzt. Jalta liegt so weit östlich wie Ankara, hat aber nur eine Stunde Zeitdifferenz zu Deutschland. Wir fuhren nicht weit. Weil Vassilij auf der immer noch rege befahrenen Straße nicht wenden wollte, kurvten wir ein wenig hin und her. Ich hatte keine Orientierung. Schließlich bogen wir ab in eine Seitenstraße und hielten nach zwei weiteren Straßen an. Heruntergekommene Villen und einige einfachere Behausungen, meist ebenerdig. Die wild wuchernden Vorgärten, in denen Grillen zirpten, und das gelbe Licht der wenigen Straßenlaternen verströmten den Duft einer unorganisierten, aber Eden ähnlichen Gartenkolonie. Wir stiegen aus. Vassilij hatte mit etwas Abstand zum Bürgersteig geparkt. Der Bürgersteig oder das, was mal einer gewesen war, war fast kniehoch. Die Straße war breit. Wir gingen ein paar Meter und passierten dann nacheinander ein halb geöffnetes Gartentor, das an seinem unteren äußeren Ende irgendwo zwischen Steinplatten und Sand in den Boden gerammt war und sich damit weder ganz öffnen noch vollständig schließen ließ. Mit höchstens fünf Schritten durchquerten wir den Vorgarten und nahmen mit einem weiteren die große Stufe. Die Tür war einen Spalt breit geöffnet. Das Licht fiel nach draußen. Wir wurden erwartet. Evgenij klopfte an. Dann traten wir ein. Vitalij war an der Türschwelle stehen geblieben. Er hatte meinen Koffer.

Wir standen im Vorraum. Dieser ging nahtlos in die Küche über. »Privet«, sagte die Frau mit den blonden langen Haaren, die zu einem Zopf geflochten waren. Ich wusste nicht, ob sie älter war als ich oder jünger. Ihre Haut war hell, wie ich das von Vlada her kannte. Sie war etwas kleiner als ich, so eins sechzig. Ihre Figur war leicht fraulich, Konfektionsgröße 36, das Gesicht war etwas rund, die Wangenknochen markant hochstehend. Das Gesicht und der ganze Körper hatten ihre Elastizität und Jugendlichkeit noch nicht verloren. Der Busen war schön geformt und rundete den wohlproportionierten Körper ab. Die Beine waren nicht spargelgerade, sondern lustvoll geschwungen. Es war heiß und in der kleinen Wohnung noch wärmer, die Frau trug ein leichtes Sommerkleid, das bis kurz über die Knie reichte. Sie war die Mutter von Anastasia, einer Studentin von Evgenijs Fakultät. Anastasia wohnte nicht mehr zu Hause, sondern mit ihrem Freund und ihrer kleinen Tochter außerhalb des Ortes.

Die Mutter von Anastasia zeigte mir mein Zimmer. Die Familie hatte ihr Wohnzimmer geräumt und die Couch ausgeklappt und zum Schlafen hergerichtet. Vitalij war inzwischen eingetreten und stellte den Koffer ab. Evgenij verabschiedete sich. »Budite Tschaj?«, fragte die Mutter von Anastasia, mit der ich jetzt allein war. Sie stellte Tee und zwei Blini auf den Tisch in der Küche. Wir setzten uns. Sie sprach und wiederholte immer, wenn ich nicht verstand. Und ich verstand eigentlich nie. Zumindest nicht beim ersten Mal. Mein Russisch war noch nicht praxiserprobt. Jeder Satz bedeutete eine Herausforderung; zu sprechen und mehr noch zu verstehen. »Dve minuty«, sagte ich und ging zu meinem Koffer, um den mitgebrachten Weißwein aus dem Rheingau zu überreichen. Anastasias Mutter bedankte sich und stellte die Flasche gleich in den Kühlschrank. Sie setzte sich wieder und schüttete mir Tee ein. »Ешь (Iss)!« Sie deutete mit der Hand auf den Teller mit den Blini. Ich nahm einen und sagte: »Lecker«, was nicht gelogen war. Blini kannte ich aus dem Unterricht beziehungsweise aus einer Lektion im Russischunterricht, in der die Großmutter die Enkel fragte, was sie denn kochen sollte. Natürlich Blini. Und dann buk die Großmutter einen Pfannkuchen nach dem anderen. Wie die Geschichte ausging, wusste ich nicht. Auf jeden Fall gehören Blini zu der traditionellen russischen und ukrainischen Küche. Die Küche ist einfach und bodenständig.

So saßen wir da also, die Mutter von Anastasia und ich. Sie in ihrem Sommerkleid, das geblümt auf pastellgrünem Hintergrund war und im Sitzen noch weniger als zuvor die Knie verbarg. Ich trug ein weißes Hemd, das Sakko hatte ich zu meinen Sachen gelegt. Im Grunde hatte ich es nur angezogen, um nicht zu leger zu erscheinen. Ich hatte sogar einen Anzug mitgenommen für die Vorträge, die ich an der Fakultät halten sollte. Nach dem Tee zeigte mir Anastasias Mutter noch das Bad. Es war klein und mit Wanne. Und sauber. Mit Katzenklo. Also eine Katze gehörte auch zu der Familie. Um halb zehn kam Anastasia mit ihrer kleinen Tochter. Sie fragte mich, ob sie mir noch ein wenig die Umgebung zeigen sollte. Ich war einverstanden.

Den ganzen Tag hatte ich nur gesessen. Morgens auf dem Weg zum Flughafen in Frankfurt, im Flughafen im Wartebereich, im Flugzeug, im X5, im Café. Zusammen zehn Stunden. Anastasia packte die Kleine in den Sportkinderwagen und dann schoben wir los. Anastasias Elternhaus lag unweit der Hauptstraße, die parallel zum Fluss verläuft. Wir überquerten Straße und Fluss und liefen auf der anderen Seite den Boulevard im Puschkin-Park in Richtung Mündung. Alle Welt war noch unterwegs. Im Sommerkleidchen. Eisschlecker. Spielende Kinder. Palmen und andere exotische Pflanzen säumten die Wege. Jongleure. Dressierte Affen und Tauben. Babuschkas. Stände mit Tschebureki und Baklawa. Souvenirstände. Schuhputzer. Wahrsager beziehungsweise Wahrsagerinnen. Alte und junge Pärchen. Im Anzug und adretten Abendkleid und auch im Joggingdress oder mit abgewetzten Hosen. Ich war leicht verwirrt ob der vielen Eindrücke und versuchte mich zu orientieren. Es gelang mir nicht. Ich hoffte, dass mich Anastasia wieder zurückbrächte. Ich versuchte einiges zu erfahren über die nächsten Tage, die Fakultät, das Auditorium. Anastasia beruhigte und sagte, dass sie mich am Montagmorgen um Viertel vor acht abholen werde.

Während ich mich mit meiner Begleitung unterhielt, ging mir so ziemlich alles durch den Kopf. Ich war aufgekratzt. Wie mochte ich in meiner Unterkunft wohl schlafen? Mir war das beste Zimmer im Haus angeboten worden, aber die Zwei-Zimmer-Wohnung machte nicht gerade den Eindruck, dass sie für einen dreiwöchigen Besuch ausgerüstet wäre. Wie sah Vlada wohl heute aus? Ich konnte Anastasia oder ihrer Mutter unmöglich sagen, dass mich ihre Mutter an Vlada erinnerte. Das Gesicht, die Haare, die Beine, der Busen. Vlada war jetzt

32, würde aber mit 40 oder 42 wohl ähnlich aussehen wie Anastasias Mutter jetzt. Vielleicht, wenn sie sich gut hielt. Mir schien es ratsam, meinen geplanten Besuch bei Vlada in Kiew nicht zu erwähnen. Es war ungewöhnlich genug, dass ich alleine reiste, schon über 40 war, unverheiratet dazu. Meine Beziehung zu Hause in Frankfurt zu erwähnen, würde meine Lage noch verschlimmern. Ich versuchte Fragen auszuweichen. Die rudimentären Englischkenntnisse von Anastasia ließen diese Option zu.

Zurück im Apartment, wurden wir von Anastasias Mutter begrüßt. Ihr Mann, vermutlich Anastasias Vater, war jetzt da, etwas ungepflegt mit Bierbauch, älter aussehend. Aber auch kräftig. Der konnte Kisten schleppen. Wie ich hatte er keine Haare auf dem Kopf oder jedenfalls so wenig, dass es einer besonderen Erwähnung nicht wert wäre. In Jogginghose und einem ärmellosen Unterhemd, wie man es von Bauarbeitern kennt. Er hatte einen Fisch in die Spüle gelegt. Er begrüßte mich kurz, sprach aber im Übrigen nicht mit mir. Auch nur wenig mit Anastasia. Die hatte sich inzwischen verabschiedet. Es war schon spät. Halb elf. Jedenfalls spät für die Kleine. Ich weiß nicht, ob sie immer so spät ins Bett gebracht wurde. Das ist in den südlichen Ländern durchaus so üblich. Vielleicht musste Anastasia noch etwas für die Uni vorbereiten oder kochen. In der Wohnung putzen. Windeln wechseln. Die Eltern sind in Jalta oft jung. 17, 18, 19, 20, 21. Manchmal studieren sie noch oder haben nur einen Hilfsjob. Die Großeltern schauen dann nach den Kindern. Wenn sie keine Arbeit haben, haben sie genug Zeit. Man hilft einander. Tauscht dies und jenes aus. Kauft etwas gebraucht oder repariert Weggeworfenes. Der eigene Garten liefert Früchte und Gemüse. Die Mieten sind niedrig; wer Glück hat, erbt von den Großeltern eine Wohnung oder andere brauchbare Dinge. Insgesamt kommt man mit wenig Geld zum Leben aus, wenn man den Standard etwas zurückschraubt, kein Auto hat und ein bisschen handwerkliches Geschick. Leute mit mehr Geld gab es natürlich auch, meist zugezogen aus Kiew und damals schon verstärkt aus Moskau.

Anastasias Mutter gab mir den Schlüssel für die Wohnung. Ich wünschte eine gute Nacht und ging in mein Zimmer. Ich hängte meinen Anzug auf und dann die Hemden. Meine Gastgeber hatten den großen Kleiderschrank im Wohnzimmer weitgehend leergeräumt, da konnte ich meine Sachen hineinlegen, um nicht immer im Koffer herumkramen zu müssen. Nebenan wurde gesprochen. Ein bisschen nur, es klang eher nach Streit. Die Stimmen kamen aber nicht aus der Küche, sondern mehr vom Fenster. Die Gardinen waren dicht zugezogen. Ich trat näher zum Fenster heran und horchte ein wenig. Die Worte waren klar, jedenfalls das wenige, das ich verstand. Und viel wurde nicht gesagt. »меня не понимаешь (Menja nie panimajesch).« – Du verstehst mich nicht. Dann nochmal nach einer kurzen Pause. »меня не понимаешь.« Das verstand sogar ich. Ich machte das Licht aus und trat an den Vorhang heran. Der war zwar dicht zugezogen, aber an der Seite konnte ich doch ein wenig vorbei- und durch das Fenster hindurchschauen.

Ich sah in einen Küchenraum hinein, eine Wohnküche, größer als die, in der mich einige Stunden zuvor Anastasias Mutter begrüßt hatte und in der wir später zusammen den Tschai getrunken hatten und ich den Pfannkuchen gegessen hatte. Es war mir nicht klar, ob man die Wohnung von Anastasias Eltern aufgeteilt oder einfach eine weitere Wohnung davor gebaut hatte mit der Folge, dass ich vom Wohnzimmer jetzt nicht hinausblicken konnte, sondern gewollt oder ungewollt in die Privatsphäre einer anderen Familie eintauchte. Der Raum war jetzt leer. Als die Tür aufging und ein Mann und eine Frau eintraten, schlich ich mich schnell vom Fenster weg und machte in meinem Raum das Licht wieder an. Ich packte weiter meine Sachen aus und war im Übrigen mit meinen Gedanken ganz bei meiner Unterkunft und den Nachbarn.

Es kam mir vergleichsweise schnell der Gedanke, dass mein Gastquartier über kein Tageslicht und auch keine Frischluftzufuhr verfügte. Das mochte meine Gastgeber im Alltag nicht weiter stören, denn sie hatten Fenster in Küche und Bad und konnten überdies die Tür zum Vorgarten offen lassen. Irgendwie verteilte sich die Frischluft dann in den Wohnraum. Aber wenn man, wie ich jetzt die nächsten drei Wochen, die Wohnzimmertüre schloss, dann war es eben stickig, ein wenig jedenfalls.

Mein Domizil hatte außer der Türe, die zu der Küche und den übrigen Räumen der Wohnung meiner Gastgeber führte, eine weitere Türe neben dem Wohnzimmerschrank. Ich unterdrückte einige Minuten meine Neugierde.

Danach presste ich vorsichtig die Klinke herunter. Die Tür war nicht abgeschlossen. Ich zögerte. Vielleicht war das die Tür zu einer Abstellkammer und die Gastgeber hatten hier Dinge verstaut, die sie für mich aus dem Weg geräumt hatten und die mich einfach nichts angingen. Nach meinem Eindruck war die Wohnung nicht von Anfang an so geplant und aufgeteilt gewesen, sondern möglicherweise eher das zufällige Ergebnis von Erbauseinandersetzungen, unklaren Grundbuch- und Eigentumsverhältnissen, Familienstreitigkeiten, Gewinnmaximierungsmaßnahmen seitens des Vermieters, im Zuge von Selbst- und Nachbarschaftshilfe erfolgter Wohnraumbeschaffung und so weiter. Dieser zweite Ausgang des Zimmers führte zu einem schmalen Flur, in dem Bretter, Koffer, Kisten, alte Schuhe, Eimer und anderer Krempel abgestellt waren und der bis auf einen schwachen Lichtschein am Raumende unbeleuchtet und dunkel war. Der Korridor bildete vermutlich eine natürliche Grenze zu dem von anderen Parteien bewohnten Teil des Hauses. Wahrscheinlich handelte es sich bei der anderen Partei um die Nachbarn, die ich in der Küche hinter dem Wohnzimmerfenster gesehen hatte. Sicher war ich mir nicht. Ich stellte meinen leergeräumten Koffer vor die Tür und ein paar Schuhe. Irgendwie machte ich mir Gedanken über meine Wertsachen, mein neues Notebook, den Anzug. Alles kein Luxus. Vielleicht war das ein übertriebener Wunsch nach Sicherheit.

Wie Evgenij auf diese Unterkunft gekommen war? Von Vlada wusste ich noch, dass es in der Ukraine immer gut war, wenn man Bekannte mit Mehrwert hatte. Also beispielsweise jemanden, mit dem man sich gut unterhalten kann, der aber gleichfalls einen Computer reparieren kann. Oder jemanden mit Auto. Oder einen, der in der Behörde sitzt und Genehmigungen erteilt. Mir war dieses Denken gänzlich fremd. Ein Kumpel von mir in Berlin hatte mir einmal in der neuen Wohnung eine Glühbirne angeschraubt (weil ich zu doof dazu war) und eine Sicherung im Auto für den Fensterheber ausgewechselt. Selbstredend half ich Freunden beim Umzug, aber sich Freunde oder auch nur Bekannte nach ihrem Mehrwert oder Zusatznutzen auszusuchen, kam mir nicht ansatzweise in den Sinn. Von anderen Besuchen in der Ukraine wusste ich, dass männliche Dozenten und Professoren gerne vom weiblichen Teil der Studentenschaft besucht wurden, wenn es im Tausch dafür eine bessere Prüfungsnote gab. Was nun in meinem konkreten Fall den Ausschlag gegeben hatte, mich für drei Wochen bei der Mutter von Anastasia einzuquartieren, wollte ich mir nicht im Einzelnen ausmalen. Es war mir aber durchaus bewusst, dass die Fakultät für den Einsatz von ausländischen Dozenten kein Budget bereithielt, sonst hätte man mich ja auch in einem Hotel einquartieren und andere Leistungen dazukaufen können.

Vor dem Wohnzimmerfenster wurde noch ein paarmal das Licht angeknipst. Weitere Unterhaltungen gab es nicht. Es war vermutlich alles gesagt.

Am Sonntagmorgen standen weitere zwei Blini auf dem Tisch in der Küche und eine Tasse mit schwarzem Tee, der kalt war. Daneben lag ein Zettel mit meinem Namen. Die Gastgeber waren ausgeflogen. Die Wohnung war etwas beengt. Anastasias Mutter und ihr Partner hatten sich ein Hochbett gebaut, das über der Eingangstüre war und wer weiß wo noch hinführte. Ausschlaggebend für diese originelle Schlaflösung, die durchaus etwas Verspieltes und Verrücktes hatte, war wahrscheinlich die Platzproblematik gewesen und weniger der Wunsch nach einem kuscheligen Liebesnest. Ich wartete auf Evgenij zunächst in der Wohnung, dann an der Straße. Nach einer Stunde versuchte ich, bei ihm anzurufen. Nach einer weiteren Stunde machte ich mich auf zum Hafen und schlenderte durch den Puschkin-Park. Abends setzte ich mich mit einem Dosenbier an die Uferpromenade und telefonierte mit Vlada. Sie wohnte zurzeit wieder in Kiew in der Wohnung ihrer Eltern. Die Eltern waren in ihre Datscha gezogen, seit sie in Rente waren. Außerdem wohnte der jüngere Bruder zusammen mit Vlada in dem Hochhaus am Rande Kiews. Er suchte nach seinem Studium noch nach einem festen Beschäftigungsverhältnis.

Es war wie früher. Wir sprachen so vertraut miteinander wie bei unserer letzten Begegnung vor neun Jahren.

3

Am Montagmorgen holte mich Anastasia wie versprochen am Haus ihrer Eltern ab. Es war jetzt morgens schon weit über 20 Grad, in der Sonne einige Grad mehr. Im Anzug und mit Laptop und anderen Unterlagen beladen wurde mir beim Anstieg gehörig warm. Wir gingen die Straße zunächst ein paar Meter hinunter und bogen dann zwischen zwei Häusern in eine Art Trampelpfad ein, der an einigen Stellen noch aus früheren Jahren betoniert war und steil nach oben führte. Der Weg war gesäumt von wilden Gärten, die teils zu verlassenen Häusern gehörten oder so einfach vor sich hinwuchsen. Mein Auge und mein Herz erfreuten sich an der üppigen subtropischen Vegetation: Feigenbäume, Zitrusfrüchte, hier und da Wein, der zu früheren Zeiten an Häuserwänden angelegt und wohl auch gepflegt und beschnitten worden war. Mancherorts waren Palmen gesetzt oder hatten sich wild verbreitet.

Nach einer guten Viertelstunde erreichten wir die wirtschaftswissenschaftliche Fakultät, die räumlich nicht der übrigen Universität angegliedert war. Die Fakultät lag vergleichsweise hoch. Von der Dachterrasse und vom Hof hatte man einen wunderbaren Ausblick über die Stadt und auf die umliegenden Berge. Jalta ist zwar bekannt, aber weder Millionen- noch Großstadt und so machte der Campus der wirtschaftswissenschaftlichen Fakultät mit seinen vielleicht 500 eingeschriebenen Studenten eher einen beschaulichen Eindruck.

Evgenij war noch nicht da, weshalb ich mich auf den Treppenabsatz vor seinem Büro setzte. Man konnte das Büro sowohl über den Gang als auch über die Terrasse erreichen. Die Terrassentür war im Frühjahr und Herbst meist geöffnet. Von Anfang Juli bis Mitte September war ohnehin Lehrpause.

Um kurz vor neun kam Evgenij dann und öffnete mir die Tür, die zu der Terrasse führte. Kurz darauf erschien Ana, seine Assistentin. Ana machte uns beiden einen starken Mokka und unterstützte uns auch bei unserer Unterhaltung mit ihren Englischkenntnissen. Wir warteten auf Iulia. Iulia konnte Deutsch und sollte meine Vorträge übersetzen und auch bei allen Fragen helfen, die aufgrund der bestehenden Sprachbarrieren – ich konnte nur wenig Russisch und Evgenij noch weniger Englisch – ansonsten oft oder weitgehend hätten unbeantwortet bleiben müssen.

Nach Iulias Ankunft erfuhr ich dann, dass meine Vorträge erst am Ende der Woche beginnen sollten, also am Samstagvormittag und Sonntagabend. Das hatte sich Evgenij so überlegt, um die anderen regulären Vorlesungen nicht aus dem Rhythmus zu bringen, den Studenten ihre freien Abende zu lassen und vor allem den örtlichen in der Privatwirtschaft arbeitenden Finanzkreisen die Möglichkeit zu geben, an Vortrag und Diskussion teilzunehmen. Ich konnte nichts dagegen einwenden, brachte aber wiederholt und deutlich den Wunsch an, das zweite, darauf folgende Wochenende zur privaten Verfügung zu haben.

Ab Dienstag traf ich mich mit Iulia meist schon vormittags, um die Vorträge vorzubereiten. Iulia war gelernte Dolmetscherin und gab an der Universität einer überschaubaren Gruppe von interessierten Studenten Einführungskurse in Deutsch. Es stellte sich relativ schnell heraus, dass Iulia über wirtschaftliche Themen und solche des Bank- und Finanzwesens nicht die Expertise besaß, die für eine effiziente und verständliche Übersetzung meiner Vorträge wünschenswert und angemessen gewesen wäre. Dazu aber später mehr. Da Iulia in ihrem bisherigen Leben vor allem deutschsprachige Reisegruppen, die von den Kreuzfahrtschiffen hergebracht wurden, durch Jalta geführt und mit allerlei Wissenswertem über die Stadt und ihre Geschichte versorgt hatte, bot sie mir für den späten Montagnachmittag einen kleinen Stadtrundgang an. Wir trafen uns um halb fünf an der Hafenpromenade.

4

Iulia führte mich zunächst zum Hotel Oreanda, das im Jahr 1907 für die Reichen, die Aristokraten, die Bourgeoisie des Zarenreiches und der europäischen Monarchien errichtet worden war und seitdem mit seinem grandiosen Blick auf die Uferpromenade und das Meer besticht. Auch wenn es in Zeiten des Sozialismus und erst recht danach nicht angemessen gepflegt worden war, so ließen sich doch Prunk und Glanz jener zaristischen Epoche und seiner im Überschwang lebenden Herrschaftseliten erahnen. Dann schlenderten wir zurück in die andere Richtung der Hafenpromenade. Iulia erklärte mir etwas über die großen Kreuzfahrtschiffe, die zwei- bis dreimal wöchentlich kamen und dank derer sie sich vor allem im Frühjahr, in den Sommermonaten und im Herbst ein kleines Zubrot verdienen konnte. Ich erkannte auch die Dachterrasse der Wohnung, in der Vlada und ich vor einem Jahrzehnt während unseres Aufenthaltes in Jalta gewohnt und uns sporadisch, dann aber mit Leidenschaft geliebt hatten. Erinnerungen kamen hoch. Bei der kleinen Altstadt, die hinter dem in den 70er Jahren erbauten neuen Hafenterminal lag und jetzt schrittweise restauriert wurde, kehrten wir um. Ich wollte mehr über das Leben der Menschen auf der Krim erfahren und schlug vor, das Gespräch in einem Restaurant fortzusetzen. Iulia wusste natürlich, wo es die besten Blini gab.

Wir fanden ein Lokal mit Garten, in dem wir uns niederließen. Iulia sagte, ich müsse die Blini mit Kaviar essen. Ihr persönlich schmecke der rote am besten, der stamme zwar nicht vom Stör, nun ja, ich solle mir mein eigenes Urteil bilden. Also bestellten wir zweimal Blini, mit rotem und mit schwarzem Kaviar, dazu ein großes Bier. Von meinem letzten Besuch wusste ich, dass man den Kaviar am besten ohne jeglichen Schnickschnack aß und vorzugsweise auf weißem Toast mit etwas Butter, um bloß nicht den Eigengeschmack des Kaviars zu beeinträchtigen oder gänzlich zu überdecken. Iulia sagte, dass sie hier mit kleineren Reisegruppen hingehe, wenn sie etwas empfehlen müsse. Ich sagte ihr, dass ich vor Jahren schon einmal auf der Krim gewesen war, in Jalta und Simferopol, im Mai. Ich wollte meine Geschichte von Liebe, Leiden und Leidenschaft jetzt aber nicht vertiefen und erkundigte mich, ob Iulia denn schon einmal in Deutschland gewesen sei.

Iulia senkte den Kopf leicht und holte tief Luft. Tja, einmal habe sie nach Deutschland fahren wollen, 1993, sie sei schon am Flughafen gewesen. An der Passkontrolle hätten sie die Polizisten herausgewinkt und ihr mitgeteilt, dass ihr Sohn Bogdan ermordet worden sei. Einen weiteren Versuch habe sie dann nicht mehr unternommen, und jetzt sei der geeignete Zeitpunkt vermutlich vorbei und die Gelegenheit verpasst. Sie erfahre ja auch von Touristen immer einiges, und die Nachrichten zeigten doch fast alles, da müsse man sich nicht unbedingt selber aufmachen. Das Geld sei knapp, und wenn sie etwas übrig habe, dann bekomme die Enkelin, die

Tochter von Bogdan, gelegentlich ein kleines Taschengeld von ihr.

Ich atmete jetzt tief durch. Das war alles sehr traurig. Iulia hatte den Schmerz wahrscheinlich weitgehend verwunden. Restfragen blieben immer. Für eine Mutter sowieso. Ich glaube, sie erwartete auch keine tröstenden Floskeln von mir. Ich fragte nach der Enkelin, ob sie sich oft sähen. Iulia erzählte ein wenig. Die Enkelin habe jetzt angefangen zu studieren, da komme sie nur zu den Festtagen auf die Krim. Zu der Mutter, Iulias Schwiegertochter, sei das Verhältnis schon immer ein wenig angespannt gewesen, und nach dem Tod Bogdans sei auch keine Verbesserung eingetreten. Iulia schwenkte von sich aus noch mal auf den Mord zurück. Sie dachte sich, dass hier Fragen offen geblieben waren. Ich war wahrscheinlich nicht die erste fremde Person, der sie das erzählte. Sie tat das mit einer gewissen Nüchternheit. Das war ihre Art, mit dem Schicksal umzugehen. Nichts machte ihren Sohn wieder lebendig. Alle Fragen nach dem Warum konnte man letztendlich doch nicht beantworten. Die Kirche nicht und die Polizei schon gar nicht.

Mit Parathion war ihr Sohn vergiftet worden. Das Insektizid war lange Zeit auch in der Europäischen Union überall erhältlich. Vergiftungen kamen bei fahrlässigem Umgang häufiger vor. Vergiftungen mit Todesfolge waren eher selten, es sei denn, das im Volksmund unter dem Namen Schwiegermuttergift bekannte Pflanzenschutzmittel wurde gezielt für ebensolche Zwecke eingesetzt. 2002 wurde E 605 dann in der EU verboten, nachdem sich Bayer lange Zeit mit juristischen und den anderen bekannten Mitteln gegen einen Produktions- und Verkaufsstopp gewehrt hatte.

Das Parathion hatte die Polizei im Laufe der Ermittlungen schnell nachweisen können. Sie hatten die Leiche wegen der warmen Temperaturen im Juli vergleichsweise schnell in die Gerichtsmedizin gebracht, da äußere Beschädigungen nicht zu erkennen waren. Von den üblichen alltäglichen Blessuren wie blauen Flecken, verheilten Narben, kleineren Schnittverletzungen im Gesicht nach einer Nassrasur und möglicherweise Pickeln und anderen sichtbaren Ekzemen einmal abgesehen. Eine gängige und zuverlässige Methode, das Insektizid nachzuweisen, besteht darin, Fruchtfliegen auf den Mageninhalt der verstorbenen Person anzusetzen. Die Fliegen sterben in wenigen Minuten.

Schwieriger als die Frage, woran Iulias Sohn gestorben war, war die Frage nach dem Täter oder der Täterin gewesen. Der Kreis der Tatverdächtigen wurde von den ermittelnden Beamten schnell ausgedehnt. So wurde auch Iulia verdächtigt. Dafür sprach auf jeden Fall, dass sie just in dem Moment, als die Polizei die Leiche ihres Sohnes entdeckte, mit zwei großen Koffern und jeder Menge Kaviar auf dem Weg nach Deutschland war. Iulia hatte von dem schwarzen Kaviar fünfzehn Dosen mitgenommen. Erlaubt war die Ausfuhr von zwei Dosen pro Person. Der Rest der Produktion war für den Export bestimmt und sollte Devisen einbringen und nicht privat verhökert werden. Auch die Ehefrau Bogdans wurde verdächtigt. Sie war an diesem Wochenende mit der erst zweijährigen Tochter zu ihren Eltern nach Dnipropetrowsk gereist, weil ihr Mann, Iulias Sohn, einige Freunde treffen wollte und bei solchen Zusammenkünften immer viel in der kleinen Wohnung getrunken und geraucht wurde. Da wollte sie sich und die Tochter möglichst heraushalten.

Erst spät kamen die Beamten auf den Gedanken, die auf dem Wohnzimmertisch stehenden Wodkagläser und die beiden kleinen Döschen zu untersuchen. Glücklicherweise war es nicht zu spät. Nach ihrer Rückkehr hätte Bogdans Ehefrau wahrscheinlich erst einmal aufgeräumt und die Gläser sowie das Brot und die leeren Kaviardosen vom Tisch abgeräumt und auch den Teller mit der geschmolzenen Butter. Dabei hätte sie sich möglichweise selbst vergiftet oder die Kleine wäre vergiftet worden, weil das Gift auf kleine Organismen und Körper noch schneller und intensiver wirkt.

Nachdem nun an einem Wodkaglas und zudem in einer der leergekratzten Kaviardosen Spuren des Parathions gefunden worden waren und Selbstmord mit einiger Gewissheit ausgeschlossen werden konnte, stellte sich die Frage, mit wem Bogdan vor seinem Tod zusammen gewesen war. Ob diese Leute – der Anzahl an Gläsern nach zu urteilen wohl zwei – möglicherweise die Täter waren und, wenn ja, welches Motiv sie gehabt hätten. Die Ermittlungen dauerten einige Zeit. Während dieser Zeit durften Bogdans Frau und die Tochter nicht zurück in die Wohnung. Im Übrigen musste sichergestellt sein, dass keine weitere Kontamination in der Wohnung vorhanden war und Frau und Tochter gefährdete.

Am Ende stand jedenfalls fest, dass Bogdan zwei Tschetschenen zu Besuch gehabt hatte, alle drei hatten zusammen Geschäfte gemacht, nichts Illegales, aber ein Gewinn fällt höher aus, wenn er nur durch zwei geteilt wird. Das Parathion war leicht zu besorgen gewesen, die Tschetschenen wollten eh zurück in die Heimat und waren dort vor Strafverfolgung sicher. Der Tod war in ihrer Heimat ein guter Bekannter und kam früher oder später mehr oder weniger begründet vorbei.

Nach der Geschichte über ihren Sohn sprachen wir natürlich noch über die Lage auf der Krim, die Hoffnung vieler Menschen auf Europa und ein wenig über die geplanten Vorträge. Welcher Kaviar mir denn nun besser schmecke, fragte Iulia. Ich sagte, der rote. Das war nicht gelogen. Ich ergänzte aber, das sei auch abhängig von meiner Stimmung. Beide Sorten seien ein besonderes Geschenk der Natur, und Russen und Ukrainer könnten sich deswegen glücklich schätzen. Vielleicht würde ich im Beisein meiner Eltern eher den schwarzen Kaviar bevorzugen. Einer jungen Dame gegenüber und gegenüber solchen, die jung geblieben seien, würde ich auf jeden Fall den roten anpreisen und auf seine fruchtige Note und die Spritzigkeit hinweisen.

Nachdem wir das zweite Bier geleert hatten, begleitete ich Iulia noch zu der Busstation und ging anschließend mit einem etwas mulmigen Gefühl zurück zu meiner Unterkunft.

5

Auch wenn wir am Ende des Abends wieder zum Thema Kaviar zurückgekehrt waren, dachte ich weiterhin an Iulias Sohn und seinen tragischen Tod. Natürlich ging mir durch den Kopf, wie es sein mochte, sein Kind zu verlieren. Ich erinnerte mich daran, dass es seit Beginn des Jahrtausends diverse Morde an Journalisten und Politikern in der Ukraine gegeben hatte. Manche der Opfer waren den Anschlägen auch knapp entgangen. Sie hatten dann nur mit sehr viel Glück überlebt wie beispielsweise Viktor Juschtschenko, dessen Gesicht durch den Giftanschlag seitdem gezeichnet ist.

Vladas Eltern arbeiteten seinerzeit, als ich zu Besuch in Kiew war, als Journalisten, der Vater im Kulturbereich, die Mutter war politisch aktiv und in diesem Bereich gleichfalls journalistisch tätig. Ein Staat, in dem Eigentums- und Besitzverhältnisse durch Raub und Mord geregelt werden, ist für alle Bürger eine große Belastung und stetiger Quell der Sorge und Angst. Wenn ungeliebte Meinungen und störende Wahrheiten durch Revolver- und Gewehrkugeln oder verabreichte Giftcocktails eliminiert werden, dann trifft das jeden, aber vor allem die, deren Handwerkszeug das Wort ist. Obschon ich damals allein der Liebe wegen nach Kiew und auf die Krim gereist war, Fragen der Meinungsfreiheit gegenüber war ich nicht gleichgültig eingestellt. Vladas Sorgen waren deshalb auch meine Sorgen.

Anastasias Mutter und ihr kräftig gebauter Partner waren nicht zu Hause, als ich an diesem warmen Abend in meiner Unterkunft ankam. Das Küchenfenster und das Fenster im Bad waren geöffnet, so dass Frischluft hereinkam. Ich ließ meine Zimmertür bis zum Schlafengehen offen, damit sich der Sauerstoff in meinem Raum verteilte. Die Katze, die einen gepflegten Eindruck machte, aber ein wenig zu fett war, ließ sich auf meinem Bett, dem ausgeklappten Sofa, nieder. Hier saß sie wahrscheinlich auch die übrige Zeit, wenn kein Besuch da war. Nachdem ich das Licht ausgemacht hatte, wurde das im Raum nebenan wieder angeknipst. Eine kurze Unterhaltung folgte, die von der Frau mit den mir bekannten Worten меня не понимаешь[3] beendet wurde. Meine Gedanken kreisten jetzt allgemein um Beziehungen zwischen Mann und Frau, meine eigenen vergangenen oder gegenwärtigen eingeschlossen. Dabei dachte ich vor allem an Beziehungen in ihrem Endstadium, in welchem dann der Worte weniger ausgetauscht werden, und wenn doch, dann handelt es sich um ebensolche Sätze wie in der Küche der Nachbarn. Meine Beziehung zu Vlada, die größtenteils eine Fernbeziehung gewesen war, war an den unterschiedlichen Wohnorten und vor allem Lebensplänen gescheitert, ohne dass wir uns gestritten hatten. Ich glaube, wir mochten einander immer noch und konnten und wollten einander nie ganz vergessen. Ich glaubte, ich hoffte, ganz sicher war ich mir nie.

---

3   Du verstehst mich nicht.

6

Die nächsten Tage waren geprägt durch die Vorbereitung meiner Vorlesungen. Wie schon gesagt, Iulia war nicht vom Fach, und so musste ich eher grundsätzlich als gelegentlich etwas weiter ausholen, damit die ökonomischen Zusammenhänge in der russischen Übersetzung nicht verloren gingen. Die Vorbereitungen waren anstrengend, und ich wusste manchmal nicht, ob am Ende noch etwas Geeignetes von meinem Vortrag übrigbleiben und wie viel davon von den Studenten letztendlich verstanden werden würde. Erst am Donnerstagmittag gönnte ich mir eine längere Verschnaufpause, mein Kopf rauchte. Ich lief am Ufer des Flusses entlang und durch den Puschkin-Park zum Strand. Meine Sachen ließ ich am Strand, der in Jalta und links und rechts davon aus kleinen piksenden Kieselsteinen besteht, und wähnte sie in der Obhut und unter Aufsicht einer russischen Mutter mit Kind und Großmutter sicher, während ich mich in die Wellen des an diesen Tagen helltürkis leuchtenden Meeres warf. Die Entscheidung zugunsten Jaltas war auch deshalb gefallen, weil ich am und im Wasser bei wohltemperiertem Klima entspannen wollte. Nach dem Bad aß ich in einem Strandrestaurant mit Blick auf das Schwarze Meer. Das Wasser mochte etwa 25 Grad messen. Wegen des starken Wellengangs waren nur wenige Menschen im Meer, während es die meisten vorzogen, am Strand braun zu werden. Ich genoss meine Pause und fühlte mich glücklich. Während ich auf Borschtsch und Pelmeni wartete, schmeckte ich das Salz des Meeres auf meiner Zunge. Ich hatte mich von der Sonne trocknen lassen. Das Salz klebte auch ein wenig auf meiner Haut, was ich üblicherweise als unangenehm empfand. Heute freute ich mich darüber, und als ich nachmittags mit Iulia wieder an der Übersetzung der Präsentation arbeitete, betastete ich mehrmals die sich spannende Haut an meinen Unterarmen.

Überhaupt fühlte ich mich wohl in Jalta. Evgenij hatte mich mittlerweile dem Rektor der Universität vorgestellt, der sich so überschwänglich bei mir für die Vorträge bedankte, dass ich es nur als ehrlich und angemessen empfand, darauf hinzuweisen, dass ich die Vorträge ja erst in einigen Tagen halten würde und im Augenblick noch mit den Vorarbeiten beschäftigt war.

Als Frühstück verspeiste ich oft ein knappes Dutzend Feigen, die zu dieser Jahreszeit überreif waren und jeden Moment von den Ästen abzufallen drohten. Von alten Mütterchen wurden die zuckersüßen Früchte am Straßenrand feilgeboten. In den meisten Gärten vergammelten sie. Nachdem mich Studenten mit einer Tüte Feigen gesehen hatten, brachten sie mir tags darauf zwei Pfund davon aus ihren Gärten oder denen ihrer Eltern mit. Oder sie hatten die Feigen am Wegesrand gesammelt. Auf dem morgendlichen Weg zur Universität stoppte ich kurz an einem Kiosk und nahm einen Kaffee zu dieser himmlischen und von mir vergötterten Süßspeise. Ein solches Frühstück war an Einfachheit kaum zu überbieten. Mich machte es glücklich und setzte jede Menge Glückshormone frei.

Am Freitagnachmittag kam Sveta, die jüngere Schwester von Evgenijs Assistentin Ana, in die Universität und holte mich zu einem Ausflug zum Livadiya-Palast ab. Der Palast liegt am westlichen Ende Jaltas und war von den Romanovs 1910 erbaut worden. Für die Deutschen ist er insofern von Bedeutung, als Stalin hier im Rahmen der Konferenz von Jalta 1945 seinen temporären Mitstreitern Roosevelt und Churchill bei massig Wein und Wodka die Westverschiebung Polens und eine entsprechende Verkleinerung Nazi-Deutschlands untergemogelt hat.[4]

Wir liefen von der Fakultät hinunter zur Busstation Spartak, um von dort aus den Linienbus nach Livadiya zu nehmen, der Ortschaft, die sich die Zarenfamilie für ihre Sommerresidenz ausgesucht hatte und die somit auch Namensgeber für den Palast wurde. Livadiya liegt an seinem höchsten Punkt mehr als 100 Meter höher als Spartak und die Uferpromenade Jaltas. Vom Palast blickt man über subtropisches Grün der Gartenanlage hinweg auf das Meer und kann die ganze Bucht einsehen. Der Zar hatte sich wohl deshalb diesen Platz ausgewählt. Der Abstieg zur Badestelle und selbstredend der nachfolgende Aufstieg erfordern einige Kondition, weswegen anzunehmen ist, dass sich die Herrscherfamilie vorzugsweise an das Ufer kutschieren ließ. Hier gab es

---

4 Stalin kam bei dem Deal über die Aufteilung Deutschlands zupass, dass Churchill und Roosevelt bezüglich Deutschlands nicht in allen Fragen die gleichen Interessen verfolgten und Roosevelt zum Zeitpunkt der Konferenz gesundheitlich bereits sehr stark angeschlagen war.

Stallungen und Gastronomie, um das Wohlergehen der Herrschenden zu befördern und ihnen nicht allzu viele Anstrengungen zuzumuten. Zu Zeiten des Sozialismus war dann ein Aufzug in den Fels gehauen worden, damit die Werktätigen, aber natürlich auch ältere Menschen oder solche mit Einschränkung der individuellen Mobilität die Badestelle erreichen konnten.

Der vollbesetzte Bus kroch die meist kurvige, in Serpentinen verlaufende Straße hoch. Wie andere gut zwanzig Reisende standen wir im Mittelgang und schaukelten kräftig hin und her. Mit einer Hand hielt ich mich an einer Halteschlaufe fest, mit der anderen fasste ich Sveta, die im Busfahren geübt war und mir großzügigerweise in Bezug auf die verfügbaren Halteschlaufen den Vortritt gelassen hatte. Es gab nicht in ausreichender Zahl Sitzplätze und Halteschlaufen. Deswegen auf den nächsten Bus warten wollte natürlich auch keiner. Sveta war unkompliziert, und ich passte gut auf, dass sie mir nicht entglitt.

Von der Haltestelle liefen wir den Berg hinab. Wir passierten die kleine Siedlung, die dem Palast vorgelagert war und früher wohl der Nahversorgung für den Hof und das Personal gedient hatte, möglicherweise auch als Schlafstätte. Stallbursche und Magd mussten ja nicht unbedingt im Palast untergebracht werden. Jetzt waren hier vor allem Souvenirläden eingezogen, Sonnencreme und Badelatschen konnte man ebenfalls kaufen. Wir brauchten nichts dergleichen. Wir passierten den Palast und liefen teils auf Wegen, teils durchs Gelände und den Wald nach unten an die Badestelle. Die alten Gebäude aus Zarenzeiten wurden nicht genutzt. Wahrscheinlich waren hier Läden und Restaurants, als die Sowjetunion noch existierte und Leute aus dem ganzen Reich an der Schwarzmeerküste Urlaub machten. Jetzt kamen die Besucher vor allem, um den Palast zu sehen, Kuchen oder Tschebureki zu essen. Sie blieben dann in der Nähe der Souvenirläden und Restaurantbetriebe. Wer baden wollte, blieb in Jalta und hatte dort dann gleichzeitig einen ganzen Reigen von Fahrgeschäften und anderen Freizeitmöglichkeiten. Die Badestelle des Zaren war eher ein Geheimtipp für Ruhesuchende und Anwohner. Der Strand war steinig wie in Jalta. Das hatte immerhin den Vorteil, dass kein Sand an der Badehose klebte. Sveta besorgte vier Büchsen Bier, und die tranken wir dann erstmal, schauten auf das Meer und lernten einander verbal kennen. Sveta rauchte und konnte wahrscheinlich mindestens so viel Bier trinken wie ich. Sie war ein paar Zentimeter kleiner als ich und hatte eine schlanke, drahtige Figur. Fast so wie die Mädchen bei »Germany's next Topmodel«, aber eben mit Busen, der ja bei den Mädchen von Frau Klum manchmal weggehungert ist und gelegentlich mit Hilfe von Silikon rekonstruiert wird. Mit Sveta hätte man wahrscheinlich einigen Unsinn anstellen können. Wollte ich aber nicht. Ich hatte mein Wochenende in Kiew vor Augen.

Wir schwammen ein bisschen zwischen den Betonpieren hin und her. Diese waren zu Sowjetzeiten zum Uferschutz ins Meer gegossen worden. Sie waren nicht unbedingt schön, erfüllten aber ihren Zweck und vergrößerten überdies die Liegefläche. Wegen des steinigen

Meeresbodens konnten wir nicht im Wasser stehen und einfach so herumplantschen, was sich sonst vielleicht angeboten hätte.

Nachdem uns die Sonne getrocknet hatte, liefen wir zurück und weiter zu Anas und Sergejs Wohnung, die eine Viertelstunde oberhalb des Palastes lag. Bei Ana gab es dann noch Blini, später nahm ich den Bus zurück Richtung Spartak.

Als ich zu meiner Unterkunft kam, waren meine Gastgeber noch wach. »Budite Tschaj?«, fragte Anastasias Mutter und hielt mir ein Glas Tee hin. Es war immer noch warm und in der kleinen Wohnung staute sich die Hitze. Auf dem Küchentisch stand eine Kiste mit Kartoffeln. Auch eine Tüte voll Tomaten, Weintrauben und zwei Brote lagen auf dem Tisch. Die beiden waren wohl jetzt erst nach Hause gekommen. Anastasias Mutter hatte wieder ihr nettes Sommerkleid an, und wenn sie mich so ansah und mit mir sprach, musste ich immer an Vlada denken. Mit Vlada telefonierte ich jetzt jeden Abend, mindestens fünfzehn Minuten. Ihr Interesse an mir schien, jetzt wo ich in der Ukraine und an die Universität zu Vorträgen eingeladen war, merklich gewachsen zu sein. Früher, als wir uns in Berlin kennengelernt hatten, verdiente ich nur ganz profan Geld. Natürlich sprachen wir jetzt immer ein wenig Russisch am Telefon, was bei Vlada sehr viel Eindruck machte. In Berlin war ich mit dem Broterwerb und mit Vlada und allem, was mit kleinen Prinzessinnen allgemein so verbunden ist, immer so sehr beschäftigt, dass keine Zeit für das Erlernen einer neuen Sprache blieb, schon gar nicht einer slawischen. Vlada hatte damals immer gesagt, dass man als Ukrainer auf jeden Fall Ukrainisch sprechen sollte, und das dann anfänglich als meinerseits zu erfüllende Mindestvoraussetzung für eine dauerhafte intimere Beziehung zwischen uns beiden formuliert. Jetzt war das wohl ein Stück weit egal. Ihr verbohrter Idealismus war zunehmend einer realistischeren Sicht der Dinge gewichen. Ein beträchtlicher Teil der Ukrainer sprach nur Russisch und fühlte sich trotzdem der Ukraine mehr verbunden als Russland.

Zu welcher Ethnie man sich zugehörig fühlt, hat dennoch natürlich in allererster Linie etwas mit der Sprache zu tun, die man spricht, in der man denkt, in der Zeitungen und Bücher geschrieben sind, die man liest, in der Filme im Kino und Fernsehen gezeigt und in der die Nachrichten ausgestrahlt werden. Der Zusammenhang zwischen Sprache und nationaler Identität war nach der Erklärung der Unabhängigkeit der Ukraine auch von der neuen nationalen Regierung in Kiew erkannt worden und hatte zu einer umfassenden Ukrainisierung in den Bildungseinrichtungen des Staates und in den Medien geführt. Es sollte im ausgehenden 20. Jahrhundert und zu Beginn des dritten Jahrtausends durch die Einräumung einer Vorrangstellung der ukrainischen Sprache gegenüber der russischen das nachgeholt werden, was in Westeuropa vor allem im 18. und 19. Jahrhundert mehr oder weniger selbstverständlich vonstattengegangen war und letztendlich einen nicht zu unterschätzenden Beitrag bei der erfolgreichen und zweifelsfrei dauerhaften Nationalstaatenbildung geleistet hatte.

Die angestoßene Ukrainisierungspolitik führte denn in der Folge wohl tatsächlich dazu, dass sich der eine Teil des Landes und seiner Bevölkerung in seiner patriotischen Ausrichtung gestärkt fühlte. Der andere Teil jedoch, dem die (russische) Muttersprache madig gemacht wurde, wandte sich wieder verstärkt und damals noch ausschließlich ideell den Brüdern und Schwestern und vor allem den Genossen in Moskau zu.

Die Ukrainer mit russischer Muttersprache, die trotzdem für eine unabhängige Ukraine waren oder sich hierfür sogar einsetzten, hatten ganz verschiedene Gründe, die alle aufzuzählen unmöglich und zu werten höchst problematisch sein dürfte. Nach meinen ganz subjektiven Beobachtungen und Kontakten zu urteilen, waren hierunter junge Leute, die in die Welt und zumindest nach Europa reisen wollten, die an eine Zukunft ihres Landes als gleichberechtigter Partner neben Deutschland, Frankreich oder Polen in der Europäischen Union glaubten, solche, die ihre Meinung sagen und sich politisch äußern wollten, und andere, die neben der Gleichberechtigung von Mann und Frau die für Homosexuelle und nationale und religiöse Minderheiten zu verwirklichen hofften. Natürlich sahen einige nicht zuletzt den Wohlstand im Westen, der vielen Menschen dort ein erträglicheres und bequemeres Auskommen bescherte als in der Ukraine und zuvor in der Sowjetunion und der den Cleveren sogar die Aussicht auf etwas Luxus bot, ohne sich hierfür allzu krimineller Energie bedienen zu müssen. Und dann gab es auch solche, die lieber in einer Ukraine mit schwachem Gemeinwesen ihrem persönlichen Erfolg nachgehen wollten, als in einem starken zentralistisch organisierten (Groß-)Russland durch Staatsmacht und bürokratisches Eigenleben gegängelt und in ihren Gewinnchancen beschnitten zu werden.

In meinem Zimmer ging ich die Präsentation zu meinem Vortrag am kommenden Tag schnell noch einmal durch und schlief dann ein. Die Bühne in der nachbarlichen Küche wurde an diesem Abend nicht bespielt.

7

Die beiden Vorträge an den Vormittagen des Wochenendes verliefen ohne besondere Vorkommnisse. Am Samstag kamen auch Interessierte der örtlichen Banken und einige Professoren. Iulia übersetzte Satz für Satz, was die Zusammenhänge manchmal ein wenig auseinanderriss. Gleichwohl hörte das Publikum brav zu. Etwas losgelöst wurden zwei oder drei Fragen, wie beispielsweise zum Goldstandard, gestellt, der mit meinem Vortrag wenig zu tun hatte. Andere Themen wie die Beitrittsaussichten zur EU interessierten – nachvollziehbar – mehr, und ich versuchte sie ehrlich, sachgerecht und verständlich zu beantworten, obwohl ich hierauf natürlich nicht vorbereitet war und auch der falsche Ansprechpartner. Am Sonntag kamen nur noch die Studenten und Evgenij. Die Veranstaltung verlief etwas unverkrampfter. An den Gesichtern konnte ich ablesen, wenn die Übersetzungsversuche von Iulia im Nirwana geendet waren. Ich schaltete mich dann ein und sprach in Englisch weiter. Fünf Studenten verstanden so gut Englisch, dass sie meinen Worten folgen konnten. Eine von den fünf wiederum, sie trug streng konservativ ein schwarzes Kostüm mit weißer Bluse, eine markante Brille und hatte die Haare hochgesteckt, war sprachlich und fachlich imstande, den verbliebenen 70 Zuhörern die Problematik nun in russischer Sprache zu erklären. Es schloss sich eine lebhafte Diskussion vor allem unter den Studenten an. In ähnlicher Weise wie bei der vorangegangenen Vortragsvorbereitung von Iulia und mir mussten nicht nur meine Ausführungen für die Masse der Studenten übersetzt, sondern zusätzlich das ganze ökonomische Drumherum erklärt werden, damit deutlich wurde, warum das, was man sprachlich dank der Übersetzung der jungen Studentin verstanden hatte, ökonomisch ein Problem darstellte.

Am Sonntagnachmittag wurde ich überraschend und wahrscheinlich wegen der von mir gelegentlich gegenüber Evgenij bemängelten nur schwachen Luftzirkulation in meiner aktuellen Unterkunft bei Tolik einquartiert. Tolik war Professor an der Fakultät und lebte in seiner Dreizimmerwohnung am Ende der langen ул. Кривошты (Ulitza Kryvoshty) nahe der am Stadtrand verlaufenden Regionalstraße H 19, die in die eine Richtung nach Sewastopol und in die andere Richtung nach Aluschta führt, die meiste Zeit des Jahres allein. Seine Frau hatte ihn mit den Kindern verlassen und war mit diesen zu ihrer Mutter nach Moskau gezogen, wo sie aufgewachsen war, studiert und Tolik an der Universität kennengelernt hatte. Ich wusste nicht viel über ihn und gar nichts über seine Frau. Wie intensiv der Kontakt zwischen ihnen noch war, wusste ich nicht. Tolik sagte, dass seine Frau regelmäßig im Sommer mit den beiden Töchtern zu ihm auf die Krim komme. Das konnte ich gut verstehen. Tolik war jedenfalls ein perfekter Gastgeber und eine sehr ehrliche Haut dazu. Auch diesmal schlief ich im Wohnzimmer, allerdings mit vorgelagertem Wintergarten und Blick ins Grüne. Tolik hatte die Couch ausgeklappt und mit Bettzeug bezogen. Dazu hatte er für meine Sachen einigen Raum im Schrank geschaffen und mich sofort mit Handtüchern versorgt. Außerdem hatte er einen Wecker für mich auf dem Wohnzimmertisch aufgestellt, damit ich morgens nicht verschlafen würde. Daneben lagen ein Plan von Jalta, auf dem seine Wohnung, die Busstation und die Universität eingezeichnet waren, und zwei Schlüssel. Vermutlich waren sie für die Wohnung und die Hauseingangstür. Gleich an dem Nachmittag lud mich Tolik zu einer Exkursion ein. Wir mussten nur wenige Minuten gehen. Nachdem wir die große Umgehungsstraße überquert hatten, waren wir auch schon in der Natur, für mich in einem Garten Eden, weil überall Obst und Wein wuchsen. Der Anbau war hier in Sowjetzeiten professionell betrieben worden, wahrscheinlich für das im benachbarten Ortsteil Massandra gelegene und zumindest in den Ländern der ehemaligen Sowjetunion bekannte Weingut. Jetzt schien das Land herrenlos und lud die Besucher zur Selbstversorgung ein. Den vollen Obstbäumen und Rebstöcken nach zu urteilen, machten nicht allzu viele Passanten von dem Gratisangebot Gebrauch. Am nächsten Morgen hatte Tolik zwei dicke Butterbrote mit viel Käse und Wurst sowie einer Gewürzgurke vorbereitet und auf den Küchentisch gestellt. Gabel und Messer lagen auf der sorgfältig gefalteten Papierserviette. Dazu gab es einen frisch gebrühten Kaffee. Und natürlich räumte Tolik den Küchentisch wieder ab, als ich mir die Zähne putzte und mich für den Gang zur Universität vorbereitete. Wir nahmen gemeinsam den Bus. Tolik erklärte mir viel.

Und wir diskutierten auch viel. In der Regel in Englisch. Außerdem bestand er mit meiner ausdrücklichen Einwilligung darauf, dass wir jeden Tag einige Sätze in Russisch sprachen.

Montagmittag gingen Evgenij und ich die Fahrkarte nach Kiew besorgen. Ich hatte meinen Wunsch, am zweiten Wochenende nach Kiew zu fahren, gleich nach meiner Ankunft in Jalta geäußert und deshalb wiederholt darauf hingewiesen, dass ich an diesem Wochenende auf keinen Fall Vorträge halten könnte. Etwas naiv hatte ich mir vorgestellt, dass ich mir das Zugticket ohne fremde Hilfe kaufen könnte. Dazu war es aber zu spät. Man konnte wohl zu Beginn des Jahres Tickets im Freiverkauf beispielsweise für die beliebten Sommermonate erwerben. Drei Monate vor einer geplanten Reise war es allerdings schon kritisch und zwei Monate davor definitiv zu spät. Das traf insbesondere auf Fahrkarten für die Wochenendverbindungen zu. Da blieb dann nur noch der sogenannte Sekundärmarkt oder man hatte Freunde oder Bekannte in einer entsprechenden Stellung mit einem in Eigenregie verwalteten Sonderkontingent. Bei ihrer Erstausgabe wurden Zugtickets für besonders begehrte Termine in großen Mengen von Wiederverkäufern zu den offiziellen Preisen aufgekauft und dann später auf dem Schwarzmarkt an den Endnutzer mit entsprechender Marge weitergegeben. Das Prinzip ist in der westlichen Hemisphäre bei Fußball- und Konzerttickets ebenfalls nicht unbekannt. Auf dem Hinweg trafen wir in der Innenstadt im Vorbeigehen noch einen Bekannten von Evgenij, den er mir als друг (Drug, also Freund) vorstellte. Ich wusste nicht, ob Evgenij mit друг das meinte, was ich verstand, aber wenn er mit ihm sonntags Skat spielte oder ihn aus dem Literaturtreff kannte, hätte Evgenij ja Entsprechendes sagen können. Evgenij sagte nicht immer alles.

Wir schritten durch einen Warteraum hindurch, der halb gefüllt war. Am Ende des Saales klopfte Evgenij an der Tür an, und wir traten ein. Die Bahnangestellte – womöglich im Rang einer Direktionsleiterin, denn auf ihrem etwas monströsen Schreibtisch standen eine ukrainische Nationalfahne und die Fahne der staatlichen Eisenbahngesellschaft – erwartete uns. Wir klärten noch einmal die genauen Daten meiner Reise: Freitagabend 18:30 Uhr ab Simferopol, Ankunft in Kiew Samstagmorgen 7:15 Uhr, Rückreise Sonntagabend 19:00 Uhr ab Kiew. Ein Platz im Vierer-Liegeabteil. Ich wusste nicht, ob es überhaupt normale Sitzplätze gab. Die meisten Reisenden fuhren entweder eine ganze Nacht oder, wenn sie die günstigere, länger dauernde Variante aus finanziellen Gründen oder auch einfach mangels Alternative wählen mussten, einen Tag und eine Nacht.

Ich bezahlte circa 120 Euro. Das war der offizielle Preis am Wochenende für die Rückfahrkarte mit Platzreservierung im Liegeabteil. Ich war glücklich, das Ticket in den Händen zu halten. In diesem Augenblick machte ich mir keine Gedanken darüber, dass andere jetzt einige Tage vor der geplanten Zugfahrt eben zu diesem Termin keine Fahrkarte mehr bekamen oder nur dann, wenn sie bereit waren, ein kräftiges Aufgeld zuzuzahlen. Die Ungerechtigkeit lag im System. Jeder versuchte wahrscheinlich zurechtzukommen, und jeder musste sehen, wo er bleibt. Diejenigen mit wenig Geld blieben halt zu Hause, wie in Westeuropa ja im Übrigen auch. Die Busfahrkarte war nicht das Problem. Ich besorgte sie mir am Dienstagnachmittag am Fahrkartenschalter des Busterminals. Dabei ließ ich einige Leute vor, die es besonders eilig hatten. Wahrscheinlich auch deshalb, weil ich doch ein schlechtes Gewissen wegen der vorangegangenen Bevorzugung beim Bahnkartenkauf hatte, oder deshalb, weil ich befürchtete, zur Strafe am Schalter gar keine Fahrkarte oder die falsche zu bekommen oder eben von den Reisenden mit wenig Zeit die Faust ins Gesicht. Das Busterminal für den Bus nach Simferopol und weitere Fernverbindungen lag ganz in der Nähe von Toliks Wohnung.

Am Mittwoch war für mich vortragsfrei. Weitere Vorbereitungen und mein Sprachunterricht waren an diesem Tag ausgesetzt. Stattdessen hatte Evgenij eine kleine Gruppe Studentinnen zusammengestellt, mit der zusammen ich zum Berg Ai Petri fuhr. In Alupka nahmen wir die Seilbahn, die uns auf den Gipfel brachte. Der Ai Petri (Ай Петри) ist über 1200 Meter hoch und bietet einen phantastischen und in Abhängigkeit vom individuellen Standpunkt auch atemberaubenden Ausblick auf die Bucht von Jalta. Eine der Studentinnen hatte ihren Freund mitgebracht, der zwar nicht so hübsch war wie seine weibliche Begleitung, aber fließend Englisch sprach, so dass die Kommunikation wesentlich einfacher wurde. Außerdem hatte Andrej für uns alle mehrere Büchsen Bier mitgebracht, die das Gipfelpicknick getränketechnisch abrundeten. Zurück ging es auf direktem Weg durch das Gelände in Sichtweite vorbei am Wasserfall Utchan-Su und mit sehr forschem Schritt Richtung Vinohradne, das zwischen dem Ai Petri und der Ortschaft Livadiya liegt. Der Abstieg dauerte trotz meiner profillosen Sohlen, die den Gang enorm beschleunigten, länger als eingeplant, weshalb der letzte Bus bei unserer Ankunft an der Busstation bereits abgefahren war. Ich spendierte uns das Taxi, weil ich am Freitag unbedingt planmäßig meine große Reise nach Kiew antreten wollte und hierfür noch einiges vorbereiten musste.

8

In Aluschta verließ der Trolleybus die Küste und setzte die Fahrt auf der großen Regionalstraße Richtung Simferopol durch das Binnenland der Halbinsel fort. Ich hatte auf meinem Sitz wieder Platz genommen, nachdem ich die Plastiktüte mit dem Erbrochenen entsorgt hatte, und war jetzt merklich entspannter. Jedenfalls kreisten meine Gedanken nicht mehr ausschließlich um den Kotzbeutel, sondern eher um den weiteren Fortgang der Reise und das Gelingen des Wiedersehens mit Vlada. Der Bus musste den Pass des Taurischen Gebirges überwinden, man merkte die Kraftanstrengung. Draußen wechselten Städte und Dörfer mit bewaldeten Landstrichen und solchen mit Steppencharakter. Die Städte waren aus bis zu vierstöckigen Plattenbauten zusammengezimmert, gewachsene Ortskerne wie in Jalta, Kiew oder Sewastopol fehlten. Die Städte waren meist auf dem Reißbrett entstanden und sollten mit ihren in den 60er und 70er Jahren errichteten Wohnblöcken vor allem den Russen, die hier nach dem Ende des Zweiten Weltkrieges wieder verstärkt angesiedelt wurden, ein komfortables Zuhause bieten. Dort, wo die Krimtataren zurückgekehrt waren und siedelten, sah man auch einige Moscheen und Frauen mit Kopftüchern. Die Häuser der Tataren waren oft eine Kategorie einfacher als die der Russen, manche hausten in Wellblechhütten oder anderen Verschlägen. Das ein oder andere tatarische Restaurant lud am Wegesrand zum Verweilen ein. Die tatarische Gastronomie war akzeptiert. Wenig, wenn man bedenkt, dass die Krimtataren einst auf der ganzen Halbinsel gesiedelt hatten und ihre Kultur vor der Russifizierung prägend gewesen war.

Starr blickte ich auf Häuserblöcke, an denen die Straße vorbeiführte, dann wieder auf Felder, Wälder und Steppe. Wenn sich mein Blick in der Monotonie zu verlieren begann, dachte ich immer wieder an Vlada, an die vergangenen zwei Wochen, an Anastasias Mutter, die mich so sehr an Vlada erinnerte, jedenfalls bildete ich mir das so ein. Ich sah die Knie unter dem Saumende des Sommerkleides hervorblitzen. Ich dachte an laue Sommernächte, die ich mit Vlada in Berlin und am Meer verbracht hatte, an Zärtlichkeiten im Gras.

9

Als der Zug einfuhr, suchte ich meinen Wagen. Die Schaffnerin stand draußen vor der Tür und prüfte meine Fahrkarte und meinen Reisepass, den sie dann in ihre Umhängetasche steckte. Wie ich mich erinnerte, war das bei meiner letzten Bahnreise auf die Krim, die ich mit Vlada vor einem Jahrzehnt von Kiew aus unternommen hatte, ganz genauso gewesen. Ich fand es damals schon seltsam, dass mir der Pass abgenommen wurde, aber Vladas Pass wurde ebenso einkassiert, und am nächsten Morgen bekamen wir die Ausweispapiere tatsächlich zurück, als wir den Zug verließen. Jetzt wunderte ich mich also nur wenig und wollte auf keinen Fall nachfragen, um nicht unangenehm aufzufallen. Ich suchte mein Abteil. Die anderen Gäste waren schon da: eine schlanke Frau um die 45 mit blondierten mittellangen Haaren, die mit einem Gummi zusammengebunden waren, und zwei orthodoxe Mönche.

Jedenfalls nahm ich an, dass es Mönche waren. Vielleicht könnte ich einen Priester von einem einfachen Mönch gar nicht unterscheiden, wenn sie keine Kopfbedeckung trügen. Und es war immerhin denkbar, dass auch hierarchisch höherstehende Berufsreligiöse gelegentlich ohne Kopfbedeckung unterwegs waren. Von meiner protestantischen Erziehung her waren mir große und noch größere Hüte zum Zeichen der Machtfülle ohnehin gänzlich fremd. Bei den Katholiken, mit denen ich zusammen im Rheinland aufgewachsen war, wusste ich allerdings, dass die Größe des Hutes mit darüber entschied, was man zu sagen hatte. Das war im Grunde genommen nicht anders als bei den Indianern. Große Häuptlinge trugen immer einen prächtigen Federschmuck, und bei den einfachen Indianern tat es dann eben ein Stirnband mit Feder.

Die beiden Mönche trugen eine einfache schwarze Kutte und einen längeren Bart, so wie ich es aus Filmen kannte. Beide hatten sie eine Brille; ein Modell aus Nickel mit kleinen runden Gläsern à la Leo Trotzki. Ich wusste nicht, wie die beiden Mönche politisch dachten, der Vergleich mit Leo Trotzki beziehungsweise mit seiner Brille mag da in die Irre führen. Sie reisten mit umfangreichem Gepäck. Jeweils zwei kleine und schon etwas betagte Köfferchen, aber auch eine übergroße Tasche für Sportgepäck, die jüngeren Datums schien. Ich unterstellte, dass das ihr Gepäck war, das unter der Liege, auf der die beiden saßen, und davor untergebracht war. Das Gepäck auf der anderen Seite ordnete ich der blonden Dame zu. Auf jeder Seite waren drei Betten übereinander angeordnet. Das mittlere war auf beiden Seiten eingeklappt, so dass das Abteil als Vierer-Kabine vergeben worden war.

Ich begrüßte die Mitreisenden und wies in russischer Sprache darauf hin, dass meine Russischkenntnisse nur rudimentär seien. Die blonde Frau hatte den Platz oben gebucht. Sie bot mir an zu tauschen, als ich sagte, dass mein Platz in der unteren Etage wohl der letzte überhaupt verfügbare Platz gewesen sei, als ich einige Tage zuvor die

Platzkarte erworben hatte. Alle hatten bemerkt, dass ich weder Russe noch Ukrainer war. Die Blonde, sie sagte, sie heiße Natalia, begann daraufhin englisch mit mir zu sprechen. Die Mönche, das heißt, nur der eine von den beiden, der jünger wirkende, sprach in Russisch zu mir, allerdings zu schnell, als dass ich es hätte ansatzweise verstehen können. Natalia übersetzte unaufgefordert, und wenn ich in Russisch an den einen Mönch adressiert versuchte zu antworten, kam die nächste Frage gleich hinterher geschossen. Dabei durchbohrten mich seine Blicke fast, als ob er hoffte, ich verstünde ihn so besser. Als einige Höflichkeiten zwischen allen im Abteil Reisenden ausgetauscht waren, kam ich mit Natalia näher ins Gespräch.

Es ist mir bei längeren Zugreisen, zumal wenn ich alleine unterwegs bin, immer ein Bedürfnis, die anderen Leute etwas kennenzulernen, nicht so, dass man nachher die Adressen austauscht, aber so, dass man weiß, wir passen für die Zeit der Reise ein bisschen aufeinander auf. Das ist meistens ganz gut für die eigenen Nerven.

Natalia kam aus Sewastopol. Sie war mit ihrem Mann, der schon vor Jahren bei einem Bootsunfall gestorben war, Anfang der achtziger Jahre aus dem damaligen Leningrad auf die Krim nach Sewastopol gekommen. Sie fühlte sich dort wegen des angenehmen Klimas und natürlich wegen der russischen Kultur und Sprache, die Katharina die Große dort Ende des 18. Jahrhunderts hingebracht hatte, sehr wohl. Dem kalten Nordwesten Russlands, in dem Natalia aufgewachsen war und den ihre Vorfahren außer in Zeiten des Großen Vaterländischen Krieges nie verlassen hatten, trauerte sie nicht eine Träne nach. Natalia hatte mit ihrem Mann in Sewastopol eine Tochter bekommen, die jetzt schon Anfang 20 war und in den Vereinigten Staaten studierte. Meine Abteilsnachbarin interessierte sich vor dem Hintergrund der sozusagen kosmopolitischen Ausrichtung ihrer Familie für Dinge, die außerhalb und fernab von der Krim passierten. Andererseits hatte sie ihre Tochter in Sewastopol aufgezogen und sie in den Kindergarten für Kinder der U-Boot-Kommandeure geschickt. Alles war ihr sehr vertraut geworden, die Atom- und U-Bootflotte der Sowjetunion, die Matrosen, vor allem aber auch die Offiziere zur See, der durchgeplante Tagesablauf und die organisierten Feiern. Das, was ihre Tochter als Heimat kennenlernte und ihr in den frühen Kindheitstagen das Gefühl von Geborgenheit gegeben hatte, war auch Natalia zu einer neuen Heimat geworden. Dort fühlte sie sich zu Hause. Natalias Englisch war perfekt, so als ob sie selber für einige Zeit in Amerika gelebt hätte. Ich wollte natürlich wissen, wie sie das so gut gelernt hatte. Sie erklärte, dass sie mit ihrer Tochter angefangen habe, Englisch zu lernen. Es sei ja klar gewesen, dass die Tochter nach Amerika habe gehen wollen, und das gehe nicht ohne Englisch. Sie hätten dann Filme gesehen, die Nachrichten auf BBC und CNN geschaut. In einer privaten Sprachgruppe hätten sie gemeinsam mit anderen Wissbegierigen Vokabeln gepaukt und einander gegenseitig geholfen. Ich attestierte ihr ein tolles Sprachniveau und wirkte dabei wohl ein wenig ungläubig. Ich hatte die Studenten in Jalta kennengelernt, und die, die sehr gut

Englisch sprachen, hatten in der Regel einen längeren und zumindest mehrere Monate dauernden Sprach- oder Studienaufenthalt in den Staaten absolviert. Abgesehen vielleicht von der einen fleißigen Studentin im schwarzen Kostüm und der weißen Bluse, die übersetzt hatte.

Das sei alles eine Frage des Willens und weniger des Talents, sagte Natalia. Aber die meisten hier hätten eben keine Lust. Es fehle der Ehrgeiz. Etwas Ausdauer müsse man haben. Seit dem Untergang der Sowjetunion sei in der Ukraine doch alles zusammengebrochen. Ja, da komme mal jemand, der verspreche, dass es besser werde. Und hinterher sei es doch immer dasselbe. Egal, ob Janukowitsch oder Juschtschenko. Alle seien sie korrupt. Disziplinlosigkeit. Die ukrainische Armee sei ja auch nur eine schlechte Kopie, und Natalia betonte, eine ganz schlechte, der Roten Armee. Die Leute sprächen von Westen und Westeuropa, von Demokratie und Freiheit, von Marktwirtschaft und Wettbewerb und wüssten dann doch nicht, was sie da redeten. Die meisten dächten, wann immer ein Problem auftauche, irgendwer kümmere sich schon darum und vor allem von denen da oben. Die Leute riefen wie früher beim Hausmeister an, wenn irgendetwas defekt sei oder der Müll nicht abgeholt werde. Manchmal reichten die Mülltonnen einfach nicht aus, weil die Leute dort unter anderem Autoreifen[5] entsorgten. Früher habe es das gar nicht gegeben. Alte

---

5   In der Ukraine sind – wahrscheinlich für Leute mit kleinem Budget –
    Autos im Isettaformat unterwegs, deren Reifen kaum größer sind als
    bei einem Klapprad mit 20er-Rädern. Ein Satz Neureifen ist für 80
    Euro zu haben.

Autoreifen habe man früher immer noch zu irgendetwas nutzen können. Außerdem sei immer sofort klar gewesen, wer da zum Beispiel Schuhschränke in den Müllcontainern entsorgt habe. Die Leute hätten ja nicht einfach Sachen weggeschmissen, wenn sie nicht gleichzeitig einen Ersatz oder etwas Besseres dafür gehabt hätten. Lieber habe man zwei Schuhschränke in der Wohnung gehabt, von denen man einen gar nicht gebraucht habe, als keinen davon und keine Zusage von einem, der etwas zu sagen gehabt habe, für einen neuen. Wenn dann aber ein Bewohner etwas Neues gekauft habe, habe das stets mindestens ein wachsamer Nachbar mitbekommen, weil man sich im Treppenhaus getroffen oder jemand den Transport des neuen Schrankes oder Elektrogerätes durch die Gardine und natürlich nur rein zufällig gesehen habe. Der Hausmeister habe dann bei den verdächtigten Personen schon einmal vorbeigeschaut, und in den diversen wöchentlich tagenden Komitees der Gemeinschaft sei solches beispielsweise die Müllentsorgung betreffende Fehlverhalten schließlich regelmäßig thematisiert worden. Oder wenn es am Fenster der Wohnung hereinregne, dann meldeten die Mieter das heutzutage dem Hausmeister und warteten auf einen Termin mit dem Handwerker, ohne irgendwie auch nur provisorisch selber Abhilfe zu schaffen. Lieber legten die Leute eine Fußmatte vor die Küche, um sich auf dieser die nassen Füße abzustreifen, als das Fenster in der Küche oder in einem anderen Raum, durch das es hereinregne oder -tropfe, halbwegs abzudichten.

Natalia hoffte, dass es früher oder später zu einer Wiedervereinigung der Sowjetunion käme. Na ja, sie wisse nicht, wie das mit den Tadschiken und Aserbaidschan sei, aber Ukraine, Weißrussland und Russland würden doch zusammengehören. So was wie ukrainische Identität, das gebe es doch gar nicht. Das Ukrainische sei doch auch nur ein Dialekt des Russischen und nichts Eigenständiges. Russland sei stark, aber mit der Ukraine noch stärker. Die Krim gehöre sowieso zu Russland. Nur aus verwaltungstechnischen Gründen habe sie Chruschtschow 1954 an die Ukraine abgegeben. Hier auf der Krim wohnten doch fast ausschließlich Russen, die fühlten sich doch mehr nach Moskau hingezogen als zu diesem korrupten Kiew. Man schaue hier vor allem russisches Fernsehen, wenn nicht sogar ausschließlich. Keiner höre darauf, was der Präsident der Ukraine sage. Letztendlich könne der Westen die Ukraine sowieso nicht gebrauchen. Wenn Putin etwas sage, dann habe das hingegen schon Gewicht in der Welt. Man brauche nicht übertrieben patriotisch zu sein, aber ein wenig Stolz auf das Vaterland habe noch keinem geschadet. Putin sei schon ein toller Präsident, für die Russen auf der Krim sei er sowieso der einzige Präsident, egal wer in Kiew regiere.

Sosehr ich Natalia auch in Detailfragen der Mieter- und Bürgerselbstorganisation innerlich Recht gab, so wenig mochte ich ihr bei der Idee eines neuen Großrusslands folgen. Natürlich wurden solche Ideen immer mal wieder aus Kremlkreisen in die Öffentlichkeit gespielt, aber ich hatte bisher noch niemanden kennengelernt, insbesondere von den Betroffenen selbst, die das gutgeheißen und in der Weise unterstützt hätten wie jetzt Natalia. Die Menschen, die ich kennengelernt hatte, träumten von Europa, von Meinungsfreiheit und Pluralität. Es war ihnen selbstverständlich bewusst, dass sich die Ukraine in einer Art Transformationsphase befand, die schon viel zu lange dauerte. Keiner wollte sich mit dem Durcheinander, mit der Korruption, mit den Missständen in Wirtschaft und Verwaltung sowie ihrer Ineffizienz abfinden, schon gar nicht auf Dauer. Aber deshalb nach einem vermeintlich starken Mann zu rufen, der alles von oben regelt und vorgibt, für alles eine Lösung zu haben, der seine Untertanen im Gegenzug aber auch an die Kette legt und eingreift, wenn sie zu aufmüpfig werden, das wollte definitiv keiner. Nach meiner Erfahrung konnte man selbst unter Janukowitsch sagen, dass der Präsident ein korruptes Arschloch ist, jedenfalls solange die Kritik im Kreise des Kegelclubs oder in der örtlichen Betriebsorganisation blieb und man keinen Zettel mit entsprechenden Beweisen an den Zaun des Präsidentenpalastes hängte. Die Aussage über Janukowitsch soll kein Plädoyer für seine Person sein. Zu Recht ist er später von den Bürgern der Ukraine aus dem Land verjagt worden, und zu Recht muss er sich seit einiger Zeit für seine korrupte Amtsführung auch international verantworten. Es soll aber zum Ausdruck gebracht werden, dass die Durchdringungskraft seines Machtapparates um einiges hinter dem zurückblieb, was seit einigen Jahren im Nachbarland Russland zu beobachten ist.

Seit Betreten meines Abteils hatte ich nicht nach draußen geschaut. Ich hatte mein weniges Gepäck irgendwie unter der Liege verstaut und war dann sofort in das Gespräch, die Diskussion, die teilweise mehr ein Monolog Natalias war, vertieft. Gelegentlich hatte ich auch etwas zu dem Gespräch beigesteuert. Interessant waren für mich aber vor allem die Ansichten der Menschen hier, da mochten sie meiner eigenen Ansicht noch so sehr widersprechen. Letztendlich steht mir zwar eine Meinung in der Sache zu, die Entscheidung muss aber von den Leuten getroffen werden, die mit den Folgen leben müssen. Und je größer bei den Betroffenen die Anzahl der Unterstützer für eine Entscheidung ist, desto schwächer scheinen die Argumente derjenigen, die als außenstehende Dritte für die Beibehaltung eines Status Quo plädieren und für sich einen Alleinvertretungsanspruch in der Frage, was Recht und was nicht Recht ist, reklamieren.

Als ich durch das Fenster sah, überraschte mich die Landschaft: Größere und kleinere Wasserflächen waren durch Sanddünen, die mal mit Gräsern bewachsen waren und mal nicht, getrennt. In der Ferne wechselten Steppenabschnitte mit Salzseen. Jedenfalls stellte ich mir Salzseen so vor, die ich bisher nur aus dem Fernsehen kannte. Ich wusste, dass es sie hier und da gab, dort, wo große Mengen Wasser verdunstet waren und das Salz zurückblieb.

Ich hatte bei meinem ersten Besuch auf der Krim eine aufregende Landschaft gesehen, die ganz anders war als die der übrigen Ukraine. Da waren die in das Karstgebirge gegrabenen Höhlenstädte Eski-Kermen und Mangup-Kale unweit von Bachtschyssaraj, der Hauptstadt des ehemaligen Khanats Krim, und bei Sudak die Blaue Lagune, die mich an Fotos aus dem Kreta-Reisekatalog erinnerte. Nicht dass es solche geologischen Beschaffenheiten woanders nicht gäbe, aber hier hatte ich sie damals nicht erwartet. Die Abgeschiedenheit der Krim und vieler Orte auf der Krim von den anderen Orten dort mag erklären, warum es in Sudak und der nahe gelegenen Blauen Lagune keinen Massentourismus gibt und warum viele Einwohner die lange und beschwerliche Anreise über kurvige Küsten- und Bergstraßen, Brücken und Fähren scheuen.

Die Nehrung, über die der Zug jetzt gerade fuhr, mussten Vlada und ich auch beim letzten Mal passiert haben. Einen anderen Weg auf die Krim und von dieser zurück zum ukrainischen Kernland gab es nicht. Ich konnte mich nicht einmal vage erinnern. Wir hatten unser Abteil damals mit Zweier-Belegung gebucht. Vladas Körper bot einiges an Abwechslung, und bereits entdeckte Zonen galt es von neuem zu erkunden.

Der jüngere Mönch hatte seinen Proviant ausgepackt. Brot, Salat in einer Plastikdose, Wurst und einen geräucherten Fisch. Als Küstenbewohner hatten die Menschen auf der Krim meist ein unkompliziertes Verhältnis zum Fisch. Wahrscheinlich galt er vielen als Delikatesse, anders als in meinem heimischen Bekanntenkreis, wo Fisch, egal ob roh, gebraten oder geräuchert, bei einigen Frauen, manchmal aber auch bei Männern den gleichen Ekel hervorruft wie Kakerlaken, Kellerasseln oder Silberfische. So hatte eine der Studentinnen, ich glaube, es war sogar die äußerst hübsche Yaroslava, während unseres

Ausflugs an einem der Stände auf dem Plateau des Ai Petri vier geräucherte Fische besorgt, an denen wir dann genüsslich herumknabberten.

Der Mönch nahm einen Schluck aus seiner Wasserflasche, schüttete etwas Wodka in einen kleinen Becher aus Metall und bot mir diesen zusammen mit einem Stück Fisch, das er von dem großen Teil abgerissen hatte, an. Hatte ich den Mönch vorher nicht so recht verstanden, so war doch diese Geste unmissverständlich. Ich nahm an und prostete ihm zu. Danach gab ich ihm seinen Becher zurück, den er dann füllen und mit dem er mir dann zurückprosten konnte. Natalia hatte auch ein Stück Fisch angeboten bekommen, sie hatte aber abgelehnt.

Der Zug verlangsamte sein Tempo. Wir hatten die Nehrung mit ihren Sanddünen und vielen Wasserflächen verlassen. Nach einem kurzen kargen Steppenabschnitt wurde die Landschaft etwas grüner. Einige Häuser waren zu sehen, nichts Städtisches.

Gelegentlich hatte ich damals während der Zugfahrt mit Vlada aus dem Fenster blicken können. Felder und saftige Wiesen hatte ich gesehen, dazwischen immer kleine Waldstücke. Die Flächen waren nicht immer ganz plan, oft kleinparzelliert. Einen einzigen Traktor hatte ich erspähen können, die anderen Flächen waren in Handarbeit und – bei denen, die es sich leisten konnten – mit Hilfe einer Kuh bearbeitet worden, die eine Egge oder einen Pflug zog.

Das Land war damals wie heute arm, und wenn in der Ukraine beziehungsweise in der ukrainischen Sowjetrepublik auch zu Zeiten des Sozialismus in den großen

Städten Raketen und die bekannte Antonow produziert worden waren, so war der Lebensstandard nach dem Zerfall der Sowjetunion und der Unabhängigkeitserklärung der nach Russland einst wichtigsten Sowjetrepublik deutlich und mehr als ein Stück weit gesunken. Selbst in ehemals pulsierenden Städten wie Lwiw, das während seiner Zugehörigkeit zu der Österreichisch-Ungarischen Doppelmonarchie Lemberg hieß, wurden im Sommer stundenlang Wasser und Strom abgedreht. Es war kaum anzunehmen, dass die Versorgung abseits der großen Städte besser funktionierte. Man bekam es wahrscheinlich anderswo im Lande nur nicht mit, wenn irgendwo in der Bukowina das Wasser aus dem Hahn nur noch tropfte. Immerhin war die Versorgung mit Lebensmitteln auf dem Land üppig. Wer gut und viel essen wollte, fuhr besser auf das Land.

Bereits während meiner früheren Reise mit Vlada stiegen die Landbewohner an der einen Station zu und versuchten bis zum nächsten Halt, der manchmal eine Stunde weit entfernt war, ihre Waren an die Reisenden zu bringen. Die Fahrt dauerte lang, und der geräucherte Fisch oder die Wurstwaren und auch der selbstgebrannte Schnaps waren von hervorragender Qualität, so dass nicht wenige Produkte auf der Reise ihren Besitzer wechselten. Ein Geschäft und ein Gewinn für beide Seiten. Ich staunte damals nicht schlecht, als eine Bäuerin mit Kopftuch durch den mit Teppich ausgelegten Gang lief und einen wohl 70 Zentimeter messenden Fisch feilbot. Was es genau war, wusste ich nicht, ich hatte anderes im Kopf.

Schon bevor der Zug zum Stehen kam, waren draußen winkende und manchmal auch bettelnde Kinder zu erkennen, die ihre Hände Richtung der Fenster hochstreckten. Auf dem Bahnsteig selbst drängten sich nur noch Erwachsene mit ihren Waren. Geräucherter Fisch, Würste, Speck, Teppiche, Elektrokleingeräte wurden hoch und vor das Fenster gehalten. Der Fisch, den ich vom Mönch bekommen hatte, hatte gut geschmeckt. Ich hatte Appetit. Natürlich versuche ich auf Reisen immer ein wenig vorsichtig zu sein, damit ich mir nichts Gravierendes einfange und die Reise nicht über der Toilettenschüssel endet. Auf der anderen Seite ist es ja übertrieben und wahrscheinlich auch nicht möglich, sich nur von mitgebrachtem Zwieback und versiegeltem Mineralwasser zu ernähren. Mit den Feigen, die ich von den alten Mütterchen am Straßenrand in Jalta gekauft und vor deren Konsum man mich vonseiten gut meinender Bekannter wegen möglicher Infektionen mit Kolibakterien und Hepatitis eindringlich gewarnt hatte, hatte ich keine Probleme gehabt. Auch der Verzehr des geräucherten Fisches auf der Exkursion zum Ai Petri war ohne negative Folgen geblieben. Ich fragte meine Mitreisenden nach der zu erwartenden Aufenthaltsdauer an diesem Stopp, der der erste auf dem Festland war, und ging an die Tür unseres Waggons, wo eine Frau mehrere geräucherte an Metallhaken aufgespießte Fischstücke in die Höhe hielt.

Ich kletterte die Treppe an der Zugtüre hinunter. Der Bahnsteig war weder hier noch in Simferopol ebenerdig und verlangte den Zu- oder Aussteigenden einiges an sportlichem Geschick ab. Ich kaufte schnell vier geräucherte Fischstücke und behielt die Tür des Zuges dabei immer im Blick, so dass ich schnell zurückkönnte. Die Frau, deren Haut im Gesicht und an den Händen von der Arbeit draußen und auf dem Feld gegerbt war, packte die Fischstücke gelassen in Zeitungspapier ein und überreichte sie mir mit einem freundlichen Lächeln. Ich bedankte mich und ging unnötigerweise schnellen Schrittes zur Tür unseres Waggons zurück. Es dauerte dann noch einige Minuten bis zur Weiterfahrt.

Als ich mit dem Fischpaket in das Abteil zurückkam, verließ Natalia dieses gerade. Ich war nun mit den beiden Mönchen allein und bot ihnen den Fisch an. Vermutlich waren sie schon satt. Auf jeden Fall lehnten sie die Einladung zum gemeinschaftlichen Fischessen zunächst höflich ab. Ich wies dann in einfacher Sprache, aber wohl in verständlicher Weise darauf hin, dass Jesus auch immer gemeinsam mit seinen Freunden gegessen habe. Sie merkten, dass es wohl unhöflich gewesen wäre, mich mit meinen Räucherwaren alleine zu lassen, und willigten dann nolens volens ein. Nicht jedoch ohne ihrerseits zu ergänzen, dass Jesus mit seinen Freunden nicht nur gemeinsam gegessen, sondern eben auch getrunken habe. So tranken wir dann aus dem kleinen Becher nacheinander jeweils einen Wodka vor dem Fisch und einen danach. Nach guter russischer Trinksitte – und da beziehe ich jetzt die Ukrainer trotz aller berechtigter Eigenständigkeit mit ein – brachte ich einen Toast auf das Trinken aus. Ich sagte, dass eine gute Eigenschaft des Wodkas sei, dass man ihn gleichermaßen vor dem Essen und eben danach trinken könne. Man hätte das natürlich in dem Sinne missverstehen können, dass es außer Wodka eben nichts anderes zu trinken gab. So war es aber nicht von mir gemeint, und die beiden Mönche zogen diese Interpretation vermutlich auch nicht in Betracht. Mein empfindlicher Magen und ich wissen es durchaus zu schätzen, wenn nicht zu viel durcheinandergetrunken wird. Mag es nach höfischer Sitte also geboten sein, dies vor dem Essen, jenes während und wieder anderes danach zu trinken, so mögen wir (mein Magen und ich) es eher einfach.

Der ältere Mönch hatte sich jetzt oben auf seine Pritsche gelegt, der jüngere blieb unten sitzen. Natalia war immer noch nicht zurück. Offensichtlich durch die inspirierende Wirkung des Kartoffelschnapses angetrieben, fragte mich der jüngere Mönch erneut etwas, was ich nicht verstand. Er rückte dann, um es mir ein weiteres Mal zu erklären, auf seiner Liege in meine Richtung vor, so dass wir einander auf gleicher Höhe gegenübersaßen. Dort wiederholte er die Frage. Ich verstand immer noch nicht, vielleicht wollte ich nicht verstehen. Er nahm meine Hand, umklammerte diese fest und fragte dann noch einmal. Dabei blickte er mir tief in die Augen. Ob ich denn schon einmal eine Gotteserfahrung gemacht hätte? Ich verwies auf meine christliche Erziehung und sagte, dass ich in schweren Stunden, aber auch in Zeiten der Dankbarkeit, wenn auch nicht regelmäßig und jeden Tag, das Gespräch mit Gott suchen würde. Der Mönch drückte meine Hand jetzt noch fester und erzählte wieder etwas, was ich nicht verstand. Seine Augen leuchteten und blitzten dabei. Ich fühlte mich unwohl.

So unangenehm hatte mich früher nicht einmal der Pastor im Konfirmandenunterricht angesehen. Der war zwar streng und drohte manchmal mit der göttlichen Strafe. Wir Konfirmanden wussten aber alle, dass er bei der evangelisch-lutherischen Kirche beschäftigt war und von dieser beziehungsweise vom Staat bezahlt und nicht von Gott persönlich geschickt wurde, jedenfalls nicht direkt. Bei dem Mönch, von dem ich immer noch nicht wusste, wie er hieß, war ich mir da nicht so sicher. Auch wenn ich noch keinem Menschen mit übersinnlichen Fähigkeiten, Sehern, Erleuchteten oder solchen, die mit Verstorbenen Kontakt aufnehmen können, begegnet bin – es soll sie geben. Kurz dachte ich an Rasputin.

Natalia kam zurück und sagte, dass sie im Restaurantwagen gewesen sei, um etwas zu trinken und zu essen. Sie wolle sich jetzt auf die Liege legen, um ein wenig zu schlafen. Sie müsse in Kiew eine Reihe von Sachen erledigen und wolle da ausgeruht sein. Ich hätte ja ein ähnlich anstrengendes Programm vor mir, und da wäre es doch nicht schlecht, wenn ich etwas ruhte, ergänzte sie. Ich hatte Natalia von meinen Plänen erzählt und auch, wie alles angefangen hatte. Wie Vlada und ich uns in Berlin kennengelernt, uns aus den Augen verloren und nach mehr als einem Jahr wiedergetroffen hatten. Wie es zwischen uns sofort gefunkt hatte. Wie wir uns zunächst an den Wochenenden getroffen hatten, als Vlada in Hannover ein Auslandssemester abgelegt hatte, wie wir zeitweise in Berlin und Hamburg zusammengewohnt hatten, dass ich Vlada bis nach Amerika nachgereist war und wir Weihnachten in Köln und wenig später das orthodoxe Fest in Kiew gefeiert hatten. Ich hatte vom orthodoxen Osterfest in Kiew im Kreise ihrer Familie erzählt und auch, wie sich die Beziehung dann wahrscheinlich aufgrund der weiten Entfernung, aber möglicherweise auch wegen anderer Lebenspläne langsam aufgelöst hatte, ohne dass der Kontakt gänzlich abgebrochen war.

Der jüngere Mönch sagte, dass er in Dnipropetrowsk aussteigen müsse, er wolle jetzt ruhen. Von da müsse er dann noch weiter, während sein Kollege erst mal bis nach Kiew fahre.

10

Der Himmel leuchtete, als wir nach Dnipropetrowsk kamen. Der jüngere Mönch hatte angefangen, seine Sachen zusammenzuräumen. Weil der Bahnhof und der Ausstieg nahten, musste sich der Mönch am Schluss beeilen. Das Packen der Sachen, das Zusammenpressen der Brottüten und Taschen, das Auf- und Zuklappen des Brillenetuis, das Überstreifen des Pullovers, das Quietschen der Schuhe, die sich der Gottesfürchtige anzog und zuband, ein letztes gieriges Schlucken aus der Wasserflasche, deren Inhalt etwas gluckste, vielleicht auch das kräftigere Aus- und Einatmen, die höhere und schneller werdende Frequenz der verschiedenen in der Hast zwangsläufig erzeugten Geräusche, all das hatte mich wach werden lassen. Sonst hätte ich vielleicht den leuchtenden Himmel über der Industriemetropole am Dnipr verschlafen.

Der Vorhang unserer Abteiltür war jetzt aufgezogen, und ich konnte zum Fenster hinausblicken. Gelbe Rauchschwaden, orange und rot flackernde Flammen, dampfende Schornsteine und Kühltürme, dann wieder pechschwarze Rußwolken wechselten sich ab. Dazu, als ob es nicht ohnehin überall schon hell genug gewesen wäre, Laternen, Straßenleuchten, Lichterketten. Menschen sah ich nicht, aber wahrscheinlich hielten sie all das hier am Laufen, während der andere Teil der Arbeiter ausruhte. Ob er schlief, wusste ich nicht, denn Nacht gab es in dem Moloch keine.

Den Anblick der Nacht fand ich faszinierend und bedrohlich zugleich. Meine Heimatstadt im Umland von Köln lag neben einem bedeutenden Standort der petrochemischen Industrie. Das war eine unheimliche Kulisse, wenn da nachts abgefackelt wurde. Rot und orange war die Nacht oft gewesen wie jetzt hier in Dnipropetrowsk. Gelegentlich barsten Kessel, manchmal wurden Arbeiter bei Unfällen verbrannt, verätzt oder Gliedmaßen abgerissen. Ein mulmiges Gefühl. Insgesamt kam das aber doch eher sehr selten vor. Ich hatte immer ruhig schlafen können, auch weil meine Eltern und ich etwas weiter entfernt wohnten und nicht bei jedem kleineren Unfall betroffen waren. Ich wusste aber, was passieren konnte und dass nicht alle Unfälle glimpflich verliefen und umso wahrscheinlicher und häufiger waren, je niedriger der Sicherheitsstandard gesetzt war. Bekannt wurden in der Ukraine die häufigen Grubenunglücke, auch weil dabei in der Regel gleich mehrere Dutzend Kumpel starben. Manchmal mehrmals im Jahr. Es gab danach einen kurzen Aufschrei der Öffentlichkeit und von Angehörigen der Betroffenen, der letztendlich doch stets verhallte mit dem Hinweis, dass sonst eben der Betrieb oder die Grube aus Gründen der Wettbewerbsfähigkeit geschlossen werden müsste. Ich war froh, als sich die Räder des Zugs wieder in Bewegung setzten und wir den Bahnhof verließen.

Ich hatte mich von dem jüngeren Mönch kurz verabschiedet und ihm eine gute Weiterreise gewünscht. Mit dem älteren Mönch stand ich jetzt am geöffneten Fenster.

»Igor«, sagte der ältere Mönch, »ich heiße Igor«, und streckte mir seine Hand entgegen. Er sprach in Englisch zu mir, weswegen ich ihn etwas verdutzt anstarrte. Bisher hatte ich ja im Wesentlichen nur mit seinem Glaubensbruder und Reisebegleiter gesprochen und zwar ausschließlich in Russisch. Igor hatte bis zu diesem Moment noch gar nichts gesagt und nicht den Eindruck erweckt oder zu vermitteln versucht, dass wir uns auf Englisch unterhalten könnten. Das hätte das Gespräch vorher nicht unwesentlich vereinfacht. Vieles wäre klarer geworden. Vielleicht wäre mir auch nicht der Gedanke an Rasputin gekommen. Möglich, dass sich Igor hatte heraushalten wollen. Er hätte ja sonst für seinen Begleiter übersetzen müssen, das, was der Begleiter sagte, ins Englische und das, was ich sagte, ins Russische. Außerdem hätte er vielleicht erklären müssen, dass der Freund zwar einiges gesagt habe, aber eben nicht alles so meinte. Ich wusste nicht, was Igors Beweggründe gewesen waren, sich aus der Diskussion herauszuhalten.

Wahrscheinlich, sagte Igor, würde ich mich wundern, dass er Englisch spreche. Er vermeide in der Öffentlichkeit, vor allem vor seinen Klosterbrüdern, Englisch zu sprechen. Selbst der Abt seines Klosters wisse es womöglich nicht, na ja, und wenn, behalte er es wahrscheinlich für sich. Wie jeder Mensch hätten natürlich auch im Kloster die Mönche eine Vergangenheit. Während die Menschen außerhalb der Klostermauern oft mit ihrem Lebenslauf hausieren gingen, um zu zeigen, was sie schon alles Tolles in ihrem Leben vollbracht und geleistet hätten, legten die Mönche Gelübde zu Keuschheit, Gehorsam und Armut ab und verschrieben sich in besonderer Weise der Spiritualität. Da würde all das, was einer vorher erreicht habe, eher stören. Das Gegenteil davon sei, um ein Beispiel zu geben, wenn nach dem Tod eines Menschen die Angehörigen Oberamtsrat und Ähnliches auf den Grabstein schrieben. Das habe er mal in Deutschland so gesehen, als er dort ein orthodoxes Kloster und während seines Aufenthaltes natürlich einen Friedhof besucht habe. Es sei doch höchst zweifelhaft, ob die Menschen auch im Himmel die zu Lebzeiten auf der Erde verliehenen Titel weiter trügen. Genau wisse er es aber nicht, er sei ja noch nicht dort oben gewesen. Und vielleicht würde er sich ja eines Tages selbst wundern, wenn er als armer Mönch oben ankäme, und alle außer ihm hätten einen Titel. Oberbauamtsrat, Finanzoberinspektor und so weiter. Er müsse zugeben, dass ihm auf Reisen gelegentlich ganz seltsame Gedanken im Kopf umhergingen. Das habe vielleicht mit seiner persönlichen Vergangenheit zu tun, er habe ja schließlich eine, auch wenn er mit seinen Glaubenskollegen darüber nicht rede. Wenn er, was selten der Fall sei, fernab vom Kloster und sogar im Ausland weile, erliege er schon einmal der Versuchung und kaufe sich eine Zeitschrift oder zwei. Nicht über Sex, das habe er abgehakt. Nein, den Economist beispielsweise. Wenn er dann in einem Journal über gekaufte Doktortitel lese, die sich die Möchtegerndoktoren kauften, weil sie gerne mit Herr Doktor angesprochen oder Minister werden wollten, dann sei das doch ziemlich unehrlich. Ein Unterschied zwischen Kapitalismus und Sozialismus sei dann doch wohl, das könne man wenigstens meinen, dass sich in Deutschland die Reichen die Doktortitel kauften, in Russland – und Igor meinte damit vermutlich auch die Ukraine – habe hingegen jeder, der ein bisschen Grips habe, die Chance, diesen akademischen Titel durch eine entsprechende Prüfung oder solidarisches Engagement zu erwerben. Überhaupt erschienen ihm die Unterschiede zwischen den Systemen doch gar nicht so groß, jedenfalls nicht so groß, wie die Amerikaner das immer behaupteten. Und aktuell würden ja überall in der westlichen Welt und in Deutschland viele Banken verstaatlicht. Offiziell heiße das natürlich anders. Dialektiker der kapitalistischen Weltordnung und des Finanzverbrechens würden nicht müde zu erklären, dass Staatshilfe nicht gleichbedeutend mit Verstaatlichung sei. Er, Igor, verstehe dennoch irgendwie nicht, wo jetzt der Unterschied sei zwischen einem System von staatlichen Banken wie in der Ukraine und in Russland und dem, was in Deutschland geschehe. Außer vielleicht, dass die Banken im Westen vorher Gewinne erwirtschaftet und diese an ihre Anteilseigner ausgekehrt hätten und jetzt in der Krise alle anderen zahlen müssten und vor allem die, die vorher nichts mit der Sache und den Banken zu tun gehabt hätten. Dass er, Igor, sich so sehr für die Banken interessiere, liege daran, dass er vor seinem Mönchsleben selber einmal in einer staatlichen Bank gearbeitet habe. Kolchosen habe seine Bank die Ernte vorfinanziert und diverse Maschinen kreditiert. Die tägliche Arbeit sei gelegentlich etwas eintönig gewesen, aber wahrscheinlich würde er heute noch dort arbeiten, wenn ihm nicht gekündigt worden wäre. Er habe das eigentlich nicht erzählen wollen, weil er doch mit seinem jetzigen Leben ganz zufrieden sei, und nachtragend wolle er ohnehin nicht sein. Das Mönchsein biete doch einige Vorteile: Einen geregelten Tagesablauf und eine gesicherte Versorgung. Einige seiner Brüder könnten sehr gut kochen. Zeit, nachzudenken oder auch nichts zu denken, denn in seinen Kopf könne ja keiner hereinsehen. Allerdings wolle er das auch eher als Option verstanden wissen, denn er denke viel nach. Ein Leben in den Klostermauern, einem Backsteingebäude aus dem frühen 19. Jahrhundert mit einem paradiesischen Garten. Seine Klosterbrüder seien eben, wie sie seien. Keiner sei frei von Fehlern, er ja auch nicht. Das Fehlen von Luxus sei nicht gleichbedeutend mit materieller Not. Im Gegenteil, die materielle Ausstattung sei rudimentär, aber ausreichend, und Zeit für sich und die Gemeinschaft und Gott zu haben, bedeute für ihn wahren Reichtum. Nun, da er aber schon einmal mit der Geschichte angefangen habe, könne er sie auch zu Ende erzählen. Er habe damals in Kiew gelebt. Sein Direktor habe im gleichen Bezirk gewohnt, aber natürlich in einer größeren Wohnung. Zwangsläufig hätten sie die gleiche Metrolinie benutzt. Eines Tages, Igor habe es sehr eilig gehabt, zur Arbeit zu kommen, weil er zu spät aufgestanden sei, da sei er die Rolltreppe der Metrostation hochgelaufen. Igor fragte, ob ich wisse, dass die Metro in Kiew sehr tief in den Boden und den Fels gegraben sei. Die Stationen lägen teilweise bis zu 70 Meter tief. Üblicherweise stünden die Leute rechts, und links gingen sie die Stufen hinauf, um Zeit zu sparen. Na ja, dann sei da

eben eine dicke Frau gewesen, die habe er wohl im Vorbeigehen etwas angerempelt, weil sie sich noch breiter
gemacht habe, als sie ohnehin schon gewesen sei. Sie
habe sich dann lautstark beschwert, und er habe zurück-
geschrien, dass er ja wohl nichts dafürkönne, wenn sie
so fett sei. Es sei die Frau des Direktors gewesen, was Igor
aber erst bemerkt habe, als er den Direktor gesehen habe.
Vorher sei der Chef von seiner voluminösen Gattin vollkommen verdeckt worden. Es sei ein bisschen wie bei
einer totalen Sonnenfinsternis gewesen, fügte der Mönch
scherzend hinzu und entschuldigte sich im selben Moment für den Vergleich. Er habe nichts gegen dicke
Leute, die seien oft sogar lustiger als die dürren, auf Leis-
tungsrekorde getrimmten Zeitgenossen, die ihr einmal
erreichtes Pareto-Optimum am liebsten Tag und Nacht
nicht mehr verlassen wollten. An demselben Tag habe
er – möglicherweise wegen seiner anhaltenden emotio-
nalen Erregtheit – einem Kunden am Telefon die Meinung gesagt, womit er, Igor, Recht gehabt habe. Irgendwie seien sie auf Israel zu sprechen gekommen. Wegen
seines Nachnamens habe ihn der Kunde gefragt, ob er
Jude sei, was Igor verneint habe. Sein Vater, sagte Igor,
sei Jude gewesen, habe aber auf keinen Fall gewollt, dass
sein Sohn auch Jude werde wegen der bekannten Komplikationen und administrativen Schikanen mancher
Behörden in der damaligen Sowjetunion. Heute sei er
ganz froh darüber, denn Jude zu sein heiße doch oft
auch, für die Israelis zu sein und die Besatzungspolitik
zu unterstützen. Und das wolle er, Igor, definitiv nicht
und habe das eben dem Kunden am Telefon so unmiss-

verständlich zu verstehen gegeben. Der Kunde, der offensichtlich selber Jude gewesen sei und keiner von der liberalen Sorte, habe sich natürlich beschwert und dem Direktor gesagt, dass er mit einem Antisemiten keine Geschäfte machen wolle. Dem Direktor habe der ganze Vorfall gar nicht gefallen, allerdings vor allem wegen der Sache mit seiner Frau. Auf jeden Fall habe der Direktor ihm dann gekündigt mit dem Hinweis darauf, dass er, Igor, für die Bank wegen seiner Außenwirkung nicht tragbar sei. Ein Freund habe ihm dann geraten, eine Pause im Kloster zu machen, um erst einmal Ruhe und zu sich selbst zu finden. Er suche immer noch, also nicht so wie Leute nach angesagten Turnschuhen im Kaufhaus suchten, eher so als Dauerbeschäftigung mit großer innerer Befriedigung. Er habe sein altes Leben jetzt hinter sich gelassen. So wie er hätten auch die anderen Klosterbrüder ihre eigene Geschichte, nur einer von ihnen habe immer schon ins Kloster gewollt. Einige sagten, diese Absicht habe er seit den ersten frustrierenden Erlebnissen in der Pubertät gehabt. Da könne er, Igor, jetzt nichts weiter zu sagen und wolle das auch nicht.

Damit jetzt nicht ein falscher oder allzu verzerrter Eindruck von ihm entstehe, beeilte sich der Mönch hinzuzufügen, er mache sich doch viele Gedanken über das Leben an sich, das Dasein, ferner über das Leben nach dem Tod und frage sich nach dem Sinn von beidem. Nun, er habe ja nicht Theologie studiert, seine Gedanken seien da oft etwas unstrukturiert. Das merke er immer dann, wenn er mit Klosterbrüdern und Priestern zusammensitze und Fragen des Glaubens diskutiere. Ihre

Argumentation erscheine ihm manchmal wie eine mathematische Beweiskette. Manch einer schaue ihn böse an, wenn er Sachen hinterfrage und an dem einen oder anderen Glied der Argumentationskette kritisch nachhake. Aber es wäre doch schlicht gelogen, wenn man die Fragen einfach ignorierte. Und außerhalb der Klostermauern wohnten ja auch Menschen, sogar mehr als innerhalb der Klostermauern, und die hätten manchmal auch Fragen. Und dann seien da noch die Menschen, die von unserem Gott noch nicht gehört hätten oder ihn anders nannten und ihm auf andere Art und Weise dienten. Sie seien deswegen nicht unbedingt alle schlechte Menschen. Also beispielsweise Inder. Er, Igor, sei dort in Indien noch nicht gewesen, wisse aber, dass sich der Wirkungskreis von Jesus Christus und seiner Botschaft auch aufgrund der damals noch sehr beschränkten Reisemöglichkeiten erst mal auf den Mittelmeerraum und Europa beschränkt habe. Na ja, und dann sei das Christentum eben mit Waffengewalt beispielsweise in Südamerika eingeführt worden. Jetzt dächten die Brasilianer zwar an denselben Gott wie er und seine Klosterbrüder und hätten den heidnischen und sonstigen naturreligiösen Bräuchen abgeschworen, aber diese Art der Verbreitung von Gottes Wort sei aus seiner Sicht eine von sehr zweifelhaftem Wert. Wie bereits gesagt, er denke viel nach. Gott habe den Menschen ja schließlich unter anderem einen Kopf und ein Gehirn gegeben. Bei den Buddhisten würde er vielleicht für seine abwegigen Gedanken im nächsten Leben als Hund geboren werden; was ihn jetzt beziehungsweise nach dem Tod als Christ erwarte, wüsste er wahrscheinlich erst danach. Einstweilen wolle er Gott so dienen, wie er glaube, dass es richtig sei, anderen Leuten aber auch ihren Glauben lassen. Das hätten die Christen, vor allem die Institution Kirche schon in der Vergangenheit so gemacht. Also, er meine, die Kirche habe die christliche Lehre immer so vertreten, wie sie gerade geglaubt habe, dass es richtig sei. Und erst im Nachhinein habe sich dann herausgestellt, dass beispielsweise Kreuzzüge und Inquisition nicht das Gelbe vom Ei gewesen seien. Aber in der Zeit der Kreuzzüge sei die Kirche eben davon überzeugt gewesen, dass es der richtige Weg gewesen sei, Gott zu dienen. Das sei doch ein weites Feld, vielleicht ein zu weites Feld, schloss Igor.

Ein Wort zu dem jüngeren Kollegen mochte er, Igor, dann doch noch loswerden. Der sei halt sehr gottesfürchtig. Während er, Igor, mit anderen zusammen gerne Arbeiten in der Gemeinschaft verrichte und auch sozial engagiert sei, beispielsweise in Schulen Nachhilfe gebe und im Krankenhaus bei der Pflege helfe, beschäftige sich sein Bruder eher mit Glaubensfragen und versuche, die Antworten im Studium der Bibel zu finden. Mit Hinweis auf die Bedeutung der Bibelexegese, die ja nicht nur für ihn, sondern eben auch für die anderen in der von ihm geleiteten Gruppe wichtig sei, entschuldige sich sein jüngerer Mitstreiter dann häufig von den Gemeinschaftsaufgaben. Igor sagte, ihm selbst stehe es nicht an, darüber zu richten. Er habe zwar ein anderes Verständnis von Glauben und Christsein, aber er sei ja weder Papst und schon gar nicht Gott. Manchmal werde der eifrige junge Bruder eben auch übertrieben missionarisch tätig.

Das sei wohl so, wenn man von sich und vor allem von seinem Glauben zweihundertprozentig überzeugt sei. Mehr wolle er jetzt aber wirklich nicht zu dem Thema sagen.

Im Grunde genommen war alles gesagt. Ich hatte gespannt und aufmerksam den Ausführungen Igors zugehört. Einiges von dem, was er sagte, fand durchaus meine Zustimmung. Wegen der fortgeschrittenen Stunde verzichtete ich darauf, ihm auf alles in ähnlich epischer Breite und Ausführlichkeit zu antworten. Ich glaube, es war seiner Aufmerksamkeit nicht entgangen, dass ich einigen seiner vorgetragenen Ideen und Gedankenspiele mit Sympathie gefolgt war und andere Ausführungen bei mir auf humoristischen Nährboden gefallen waren.

11

Um Viertel nach sechs klopfte die Schaffnerin unseres Waggons an die Tür des Abteils und öffnete diese. Sie wünschte einen guten Morgen und brachte jedem ein Glas Tee. Aus ihrer Umhängetasche kramte sie die Pässe hervor und gab sie uns zurück.

Wir alle hatten am Vorabend und in der vergangenen Nacht viel gesprochen, viele Gedanken und Ansichten ausgetauscht, die Herzen ausgeschüttet und vielleicht einiges erzählt, was wir nicht gesagt hätten, wenn wir erwartet hätten, dass sich unsere Wege in näherer oder weiterer Zukunft noch einmal kreuzen. Ich für meinen Teil nippte gedankenversunken an meinem Teeglas.

Am vorangegangenen Abend und in der Nacht war ich ganz von den Ansichten und Lebensläufen Natalias und Igors gefesselt gewesen. Ich hatte den Grund meiner Reise, der in Teilen aufregenden Busfahrt und der langen Zugfahrt, zwar nicht vergessen, aber war doch sehr gut abgelenkt gewesen. Jetzt und mit der Minute für Minute näher rückenden Ankunft am Kiewer Hauptbahnhof und dem Wiedersehen mit Vlada türmten sich Fragen über Fragen.

Würde mich Vlada wohl erwarten? Wäre sie rechtzeitig da? Was nun, wenn wir uns verpassten, das Telefon nicht funktionierte? Was, wenn etwas dazwischenkäme? Wie wichtig war ihr unser Treffen? Würde sie doch mit mir im Hotel übernachten, was sie abgelehnt hatte mit dem

Hinweis darauf, dass sie inzwischen verheiratet war? Was hatte sie für uns geplant? Hätte sie ausreichend Zeit? Wäre sie gesund oder kränklich oder unpässlich? Sähe sie immer noch so gut aus, wie ich sie in Erinnerung hatte, auch wenn mittlerweile fast zehn Jahre vergangen waren? Vielleicht wäre sie schon ein bisschen aufgedunsen oder hätte Pickel im Gesicht? Viel wichtiger war jedoch, ob wir uns denn überhaupt noch verstehen würden. Hätten wir Gesprächsthemen? Wären wir uns noch sympathisch? Was würden wir füreinander empfinden, noch empfinden? Wäre da noch etwas? Über mich beziehungsweise meine Eigenschaften und Qualitäten machte ich mir in diesem Moment vielleicht ein bisschen selbstzufrieden nicht so viele Gedanken. Einige wenige Falten waren dazugekommen, ein paar Kilos auch, aber nicht viele. Die Haare waren schon damals nicht mehr so üppig gewesen, auch wenn ich Leute mit noch weniger kannte. Im Job hatte sich eine gewisse Stabilität eingestellt, aber ansonsten war mein Leben immer noch ein wenig unstet und für einen Mann über vierzig nach allgemeiner Lesart zu aufregend und in Teilen unangemessen. Das hatte sich in den Jahren nicht geändert. Das Einzige, was sich geändert hatte, war, dass vor zehn Jahren noch Hoffnung bestanden hatte, dass mein Leben mit zunehmendem Alter in ruhigeren Bahnen verlaufen würde.

Nachdem ich den Tee ausgetrunken und mir auf der Zugtoilette mit ein wenig Wasser über das Gesicht gewischt hatte, packte ich meine Sachen zusammen und stellte mich ans Fenster des Ganges. Der Zug war langsamer geworden. Der Bahnhof kam näher. Ich wollte wissen, ob ich Vlada sehen konnte, wenn sie schon auf dem Bahnsteig wartete. Die Wagennummer hatte ich ihr nicht mitgeteilt. Sie musste früh von ihrer Wohnung am Rande Kiews aufgebrochen sein, wenn sie um Viertel nach sieben am Bahnhof sein wollte.

12

Nachdem ich mit meinem kleinen Reisekoffer den Zug verlassen hatte, lief ich den Bahnsteig in Richtung des Prellbocks hinunter. Ich war ein wenig unsicher und drehte mich einige Male zurück, um zu vermeiden, dass wir aneinander vorbeiliefen. Dass wir Fotos ausgetauscht hatten, lag doch schon etwas zurück. Mit Rücksicht auf laufende Beziehungen und die real existierenden Verhältnisse, die anders waren, als wir – das traf für Vlada vielleicht noch mehr zu – uns erwünscht und erträumt hatten, aber die wir auch nicht einfach ignorieren konnten, war der Kontakt zwischen uns eher sporadisch gewesen. Jetzt zweifelte ich ein wenig, ob der Eindruck aus den Telefonaten in den vergangenen Tagen, dass die Beziehung zwischen uns erneut aufblühen könnte, bei uns beiden bestand oder doch nur Wunschdenken meinerseits war.

Und dann sah ich sie.

Ihre Augen strahlten. Ein breites Lachen überspannte die gesamte Gesichtsmuskulatur. Grübchen zeigten sich. Die Müdigkeit, die ich aus den letzten von der Krim geführten Telefongesprächen gemeint hatte herauszuhören und die ich nach Schilderungen des vielen Auf und Ab in ihrem Leben und auch mit Blick auf ihren beschwerlichen Alltag befürchtet hatte, schien wie weggeblasen. Ich stellte meinen Koffer kurz vor ihr ab und eilte die letzten Schritte auf sie zu. Wir umarmten einander fest.

Vlada hatte für mich ein Hotelzimmer in Podil gebucht. Podil liegt am westlichen Ufer des Dniprs. Es wurde im 9. Jahrhundert gegründet. Fischer und Handwerker wohnten und arbeiteten hier. Nach einem verheerenden Brand wurden weite Teile des Stadtbezirks Anfang des 19. Jahrhunderts im klassizistischen Stil neu aufgebaut. Der Andreassteig führt in einem weiten Bogen durch das Viertel und an der Sankt-Andreas-Kirche vorbei in die Oberstadt. Der Andreassteig ist so etwas wie das Montmartre Kiews. Links und rechts der ansteigenden Pflastersteinstraße verdingen sich Maler und andere Straßenkünstler. Galerien, Cafés, Restaurants laden zum Verweilen ein. Stufen führen hinab in Kellergewölbe. In den Kneipen dort mischen sich heimisches und internationales Publikum auf dezente Art. In der Oberstadt verbindet der über einen Kilometer lange Chreschtschatyk (Хрещатик) unter anderem Oper, Ministerien, Hauptpostamt, Kommunalparlament, Universität und Nationalmuseum. Der Chreschtschatyk ist Prachtboulevard und Flaniermeile der Hauptstadt. 1892 fuhr hier die erste elektrische Straßenbahn Russlands. Im Sommer wird der fast 100 Meter breite Boulevard an Feiertagen und am Wochenende zur Fußgängerzone. Selbst im Winter finden sich Gruppen zusammen. Zu Schifferklavier und Balalaika wird gesungen und noch mehr getanzt, auch beides zusammen, wenn die Kondition es zulässt. Hier schlägt das Herz der Ukrainer.

Wir fuhren ins Hotel.

Vlada hatte das Hotel gleich ab morgens gebucht. Ihr waren lange Zugreisen nicht unbekannt. Die Ukraine ist ein großes Land, und Vlada wusste, wie sich ein Reisender nach einer spätsommerlichen Nacht in der ukrainischen Eisenbahn fühlen musste. Ich hatte mir zwar die Zähne mit ein wenig Mineralwasser im Zug putzen können und war mir mit einer Handvoll Wasser über mein Gesicht gegangen, aber das war natürlich nicht das Gleiche, wie frisch geduscht zu haben.

Das Hotelzimmer war klein, aber durchaus zweckmäßig und modern eingerichtet. Vlada setzte sich auf das Bett und wartete, während ich schnell unter die Dusche hüpfte. Wir waren einander ja nicht fremd. Der Anstand gebot es, Rücksicht zu nehmen auf die Beziehungen, denen wir uns verpflichtet fühlten. Nach dem Duschen suchte ich aus meinem Köfferchen ein paar frische Sachen heraus und entdeckte dann zwischen anderen Dingen den Tee, den Vlada sich gewünscht hatte. Es war nichts Besonderes, aber es war eben die Sorte, die Vlada während ihres Auslandssemesters in Hannover häufig getrunken hatte, deren Duft und Geschmack ihr in Erinnerung geblieben waren und die im Übrigen nicht schlechter geworden war, nur weil Edelproduzenten die von ihnen vertriebenen Teesorten im Hochpreissegment mittels einer ausgefeilten Werbestrategie bei ihren solventen Kunden mit gefühlter Teeexpertise erfolgreich und gewinnbringend platzieren konnten. Ich warf die kleine Teepackung, um die ich noch in Deutschland ein wenig Geschenkpapier gewickelt hatte, vorsichtig zu Vlada auf das Bett. Früher hatte ich für unsere Treffen oder bei einem Wiedersehen andere Kleinigkeiten besorgt, die bei jungen und verliebten Frauen größere Freude auslösen.

Den Umständen war es geschuldet, dass das Mitbringsel diesmal etwas spartanisch ausfiel. Vlada hatte im Rahmen ihrer Möglichkeiten auch bei jedem Besuch etwas mitgebracht, was manchmal schön und meistens weniger nützlich war, eine kleine Aufmerksamkeit eben.

»Das ist genau das, was ich meine«, sagte Vlada. »Du bist so ungehobelt, so taktlos, so unkultiviert.« Das war das, was ich verstand. Möglicherweise hatte die Teepackung bei meinem Wurf Vladas Oberschenkel doch stärker touchiert, als ich das beabsichtigt hatte, was mir allerdings auch nicht übermäßig dramatisch erschien. Vladas Englischkenntnisse waren um Klassen besser als meine. Auslandsaufenthalte, die Lektüre englischer Belletristik und Fachbücher, verbunden mit dem Willen, auch in den USA arbeiten und leben zu können und zu dürfen, hatten Vlada angetrieben, sich eine gewisse Eloquenz anzueignen. Mir war dieses die Gefühle eines Menschen, die Sinne und das Seelenleben betreffende Vokabular weitgehend fremd, zumal im Englischen. Aus Vladas mit Entrüstung und in Aufregung nachgeschobenen Erklärungen versuchte ich mir abzuleiten, was sie meinte. Mein Nachfragen reizte sie noch mehr.

Für die englische Sprache hatte ich nie eine Leidenschaft entwickelt. Das mochte mit meiner Unfähigkeit zusammenhängen, meiner Aussprache so etwas wie Geschmeidigkeit und Leichtigkeit zu verleihen. Das Wetter und das Essen auf der Insel taten ihr Übriges. Mit den Staaten konnte ich noch weniger anfangen. Außer ihrem Einsatz für die Demokratie in Deutschland und der Niederschlagung des Naziregimes gab es so gut wie nichts, was mir die US-Amerikaner sympathisch machte. Mit Kanadiern verstand ich mich besser. Viel besser. Ich war wahrscheinlich wegen meiner eifrig gepflegten Abneigung gegenüber Engländern und Amerikanern nie über mein Fachenglisch hinausgekommen und wollte das ehrlicherweise auch nicht wirklich. Für die Vorträge und im Beruf reichte mein Sprachschatz meistens. Mein rudimentäres Englischverständnis rächte sich allerdings besonders in Situationen wie diesen, wenn Sensibilität in sprachlicher Hinsicht vonnöten ist beziehungsweise gewesen wäre. Vlada schmollte. Sie zeigte auf einen blauen Fleck am Oberschenkel. Sie sagte, sie habe sich in der Frühe am Tisch gestoßen. Alles habe so schnell gehen müssen. Am Vorabend sei sie erst um halb elf von der Arbeit wiedergekommen. Der US-amerikanische Auftraggeber ihrer Firma habe einen Termin gesetzt. Die langen Anfahrtswege hätte ich ja selbst kennengelernt. 20 Minuten hinlaufen zu der Metrostation, 40 Minuten mit der Metro, weil sie einmal umsteigen müsse, dann mit dem Bus fünf Minuten oder nochmal 20 Minuten laufen, wenn der Bus nicht komme. Alles sei sehr kräftezehrend. Ich müsse entschuldigen. Der Fleck sei natürlich nicht vom Tee beziehungsweise von meinem Wurf, sondern sei eben schon seit dem Aufstehen da. Ich wisse ja, wie empfindlich sie sei. Blaue Flecken bekomme sie jetzt noch schneller als früher. Manchmal denke sie, sie werde alt. Nein, sie denke nicht nur, sie werde alt. Sie werde tatsächlich alt. Ich hatte das nicht bemerkt. Ich konnte rechnen und wusste, dass Vlada nicht mehr 23 war. So alt war sie gewesen, als wir einander das letzte

Mal gesehen hatten. Und so hatte ich sie in Erinnerung. Sie hatte jetzt leichte Augenringe, was aber wohl eher vorübergehender Natur war. Sie verschwänden vermutlich, wenn sie mehr Schlaf bekäme. Weitere Falten konnte ich nicht entdecken. Zellulitis sah ich auch nicht. Der sommerliche Rock war zwar nicht transparent und nicht so kurz wie früher, aber so etwas wie Jugendlichkeit durfte man Vlada immer noch attestieren. Vlada sagte, dass sie oft, wie am Vortag, spät von der Arbeit komme. Dann mache sie sich noch schnell etwas zum Essen und bereite manchmal etwas für den folgenden Tag vor. In China sei sie zweimal in der Woche zum Yoga gegangen. Sie hoffe, dass das wieder möglich wäre, wenn sie nach Holland ginge, wo ihr Mann jetzt arbeite. Der sei ja im Übrigen der Grund, warum sie nicht mit mir in dem Hotel übernachten könne. Aber sie wisse auch nicht sicher, ob sie nach Holland wolle. Deutschland habe ihr doch sehr gefallen, und Holländisch höre sich für sie eher an wie Kauderwelsch. Ob sie in Holland auf Dauer leben könne, scheine ihr fraglich. Vielleicht hätte sie damals in Deutschland bleiben sollen, aber, sagte sie, damals habe sie andere Ideen gehabt. Sie wollte mit der Greencard nach Amerika, was aber nicht geklappt hatte. Auf der anderen Seite wollte sie auch nicht für immer aus der Ukraine weg. Das Land könne doch nicht aufgebaut werden, wenn nur die Alten blieben. Dann würden sich die alten Apparatschiks doch nur selbst verwalten. Viktor Juschtschenko habe schließlich auch mit der Unterstützung der jungen Leute für mehr Freiheit und eine andere Gesellschaft gekämpft. Und Janukowitsch, der jetzige

Präsident, wolle mit den alten Genossen, aber auch mit den korrupten Kombinatsdirektoren, der russischen Landbevölkerung und den Arbeitern in den staatlichen Industriebetrieben im Osten der Ukraine wieder eine engere Bindung zu Russland und zurück in die Vergangenheit. Planwirtschaft und Reisen mit dem Lada anstatt BMW oder Citroën und Feiern auf den Champs-Élysées. Eiffelturm und Sanssouci werde man sich unter Janukowitsch demnächst wahrscheinlich nur noch im Fernsehen anschauen können, vielleicht nicht mal das. Dann würden wieder Paraden vom Roten Platz gezeigt. Im Fernsehen werde man sich am Neujahrstag Janukowitschs großes Vorbild Vladimir Putin anschauen, wie dieser von ihm selbst formulierte und den Journalisten vorher zur Verfügung gestellte Fragen beantworten werde. Wer es eine Nummer kleiner wolle, werde sich dann Janukowitsch im heimischen Fernsehen ansehen, jedenfalls solange die Ukraine noch selbständig sei. Das sei unter Janukowitsch auch nicht sicher. Aber die Kräfte der Opposition seien schwach, die könnten den Kommunisten und dem Präsidenten kaum Paroli bieten. Die Opposition zerfalle zusehends. Auf Julia Timoschenko, nach der ich gefragt hatte, sei sie ganz schlecht zu sprechen. Die mache ihr eigenes Ding. Die Freiheitsikone, die sie für viele Ukrainer und viele in Westeuropa gewesen sei, sei eine Täuschung gewesen. Sie, Vlada, habe sich da ebenso täuschen lassen. Es sei alles sehr schwierig und erst recht, die richtige Entscheidung zu treffen. Mit dem Herzen wolle sie in der Ukraine bleiben. Aber der Verstand und das Portemonnaie sagten ihr, dass sie nicht ewig von den dreihundert Dollar, die sie jetzt verdiene, leben könne. Die reichten eben nur, weil ihre Eltern dauerhaft auf die Datscha gezogen seien und ihr und ihrem jüngeren Bruder die Wohnung in der Innenstadt überlassen hätten. Für die Ukraine wolle sie kämpfen, aber ihr ganzes Leben wolle sie auch nicht an dieses, sie fügte hinzu: ihr Land verschwenden. Ihr Leben sei in den letzten Jahren schon verkorkst genug gewesen, aber irgendwann und am besten noch vor dem Tod müsse man doch mal leben dürfen.

Ja, vielleicht hätte sie damals in Deutschland bleiben sollen. In Hamburg hatte sie sich schon an der Universität nach einem passenden Studiengang umgesehen. Sie sei aber vielleicht zu jung gewesen, um die Dinge so zu sehen, wie sie sie heute sehe. Damals nach der Orangefarbenen Revolution habe in der Ukraine eine große Hoffnung bestanden, den Anschluss an Europa zu finden. Rein objektiv gesehen habe den im Westen kaum einer gewollt, was die Ukrainer so nicht gemerkt hätten. Offen gesagt habe das im Westen aber keiner, vor allem kein Politiker. Letztendlich sei der Anschluss an Europa aber auch eine schwierige Frage. Die Menschen im Westen des Landes wollten ihn. Die hätten ja mal zu Österreich und zu Polen gehört. Der Einfluss sei eben im Denken immer noch spürbar, die Leute im Osten schauten auch wegen ihrer russischen Sprache immer gern nach Moskau und könnten mit den Ideen von Demokratie und Freiheit noch weniger anfangen als die Russen in Russland selbst. Sie, Vlada, könne das daher ein wenig nachvollziehen. Bis zum Beitritt Polens zu der EU habe es immer einen regen Grenzverkehr gegeben zwischen Polen und Ukrainern. Die ukrainische Sprache sei dem Polnischen sehr nahe und man verstehe sich gut. Die Menschen im Donezk fühlten sich schließlich wegen ihrer russischen Sprache eher zu Russland hingezogen. Und ohne Auto und ohne Geld sei der Westen für die meisten Menschen dort hinten sowieso unerreichbar. Reiche Oligarchen könnten sich natürlich zu ihrem Fußballclub in Großbritannien oder Frankreich fliegen lassen, aber der Durchschnittsbürger und der im Osten ganz besonders verdiene ja sogar weniger als sie jetzt. Wenn man sich schon nichts kaufen und nicht wegfahren könne, dann muntere im Osten wenigstens das russische Fernsehen etwas auf. Imposante Paraden, Filme von der glorreichen Roten Armee, dem Großen Vaterländischen Krieg, der Revolution. Sie verstehe gut, wenn da dem einen oder anderen Veteranen schon mal eine Träne aus dem Auge kullere. Der Stolz auf die Armee, die den Faschismus besiegt habe, lasse manch einen vergessen, dass der eigene Kühlschrank leer und die Waschmaschine kaputt sei. Vlada erinnerte daran, dass wir damals bei einem Besuch in Leipzig zufällig einen Naziaufmarsch gesehen hatten. Ich hätte ihr erklärt, wie bei einigen älteren Herren in Deutschland die Brust anschwelle, wenn im Fernsehen Kriegsfilme gezeigt würden. Und viele Menschen im Osten hätten wohl geradezu auf die Wiedervereinigung gewartet, um wieder den (rechten) Arm zum Gruß erheben zu dürfen. Andererseits, das wisse ich ja auch, seien die Menschen, wenn sie arbeitslos und sonst wie perspektivlos seien, eben eher empfänglich für rechte, nationale und in Russland auch für totalitäre Propaganda.

Na ja, auf jeden Fall sei sie müde von allem, von ihrer Arbeit, vom politischen Stillstand, dem Reisen, ihre Eltern würden auch älter. Das alles sei wohl mitunter der Grund dafür, dass sie vorhin etwas überreagiert habe. Die Füße täten ihr vom vielen Herumlaufen weh, und der Nacken sei verspannt. Das lasse sich wahrscheinlich kaum vermeiden bei neun Stunden Büroarbeit, und zu Hause hocke sie ja wieder vor dem Laptop, um mit ihren Freunden zu skypen oder zu sehen, was sich in der Welt zutrage. Sie hoffe, dass die Verspannung nicht schlimmer werde und in einer Blockade ende. Sie skype manchmal mit ihrer alten Freundin Oxana, die in Genf einen kleinen Italiener geheiratet habe. Natürlich habe Oxana jetzt die italienische oder die schweizerische Staatsbürgerschaft. So genau wisse sie das nicht. Zwei kleine Mädchen hätten sie schon, und natürlich habe Oxana in der Beziehung die Hosen an. Irgendwie habe es die Freundin richtig gemacht. Ob ihre beste Freundin Tanjuscha noch in ihrem Beruf als Unternehmensberaterin arbeite, wisse sie nicht. Auf jeden Fall sei Tanjuscha glücklich mit ihrem kanadischen Ehemann, der wohl ein bisschen kräftig sei, aber eben andererseits klug und charmant und für die Familie sorge. Wahrscheinlich sei sie, Vlada, die Einzige von den dreien, die sehr viel arbeite, ohne dass genug Geld übrig bleibe. Die beiden anderen hätten wahrscheinlich auch keine Nackenprobleme.

Vlada hatte früher schon öfter über Rückenschmerzen geklagt, wenn sie zu eifrig über den Büchern gehangen hatte. Einige Male hatte ich sie massiert. Die gesundheitlichen Beschwerden hatten nicht immer im Vordergrund gestanden. Irgendwie hatte es meistens geholfen. Was von den Programmpunkten jetzt im Einzelnen ausschlaggebend für den gesundheitlichen Erfolg war, wusste ich nicht.

Nach anfänglichen Bedenken nahm Vlada mein Massageangebot an. Sie zog ihre Bluse aus und legte sich auf das Bett. Ich kniete mich neben sie und begann mich vom Lendenwirbelbereich langsam zum Epizentrum des Schmerzes vorzuarbeiten. Sie kannte den Ablauf, wies aber pflichtgemäß noch einmal darauf hin, dass sie weiter oben Schmerzen verspüre und der Nacken verspannt sei. Ich lokalisierte die schmerzende Stelle und drückte, um sicherzugehen, mit zwei Fingern vorsichtig in das Fleisch. Vlada schrie kurz. »Um sicherzugehen«, sagte ich. Ich knetete von beiden Seiten zur Wirbelsäule hin und lockerte die Gegend um die Wirbel. So hatte ich das mal bei einer Schulfreundin kennengelernt, deren Vater Masseur gewesen war. Außerdem hatte ich schon einmal selbst professionelle Massageleistungen in Anspruch genommen und hatte mir zumindest die grobe Richtung der Knetbewegungen gemerkt. Wie gesagt, ob der medizinische Nutzen meiner Anwendungen zertifizierungsfähig gewesen wäre, wusste ich nicht.

Bis das Schmerzzentrum erreicht war, vergingen einige Minuten. Die Gegend um den Schmerzherd herum massierte ich intensiver. Vlada war jetzt entspannter und bestätigte von sich aus die lockernde Wirkung meiner Behandlung. Ich setzte meine Massage im Schmerzbereich einige Zeit weiter fort. Dann bat ich Vlada, sich auf den Rücken zu legen, damit wir die Massage auf der Vorderseite fortsetzen könnten. Vlada fragte natürlich nach. Ich erklärte, dass man ja auch beim Muskeltraining nicht ausschließlich die Bauchmuskulatur beispielsweise durch Situps stärken solle, sondern durch entsprechende Übungen eben auch die Rückenmuskulatur. So einleuchtend die Erklärung für die Situps war, so wenig nachvollziehbar erschien die Übertragung der Logik auf das Gebiet der Massage, namentlich, dass auf die Rücken- und Nackenmassage eine Brustmassage folgen müsste. Ich glaube, wir wussten beide, dass die von mir aufgestellte Theorie höchst angreifbar war und einer gründlichen Überprüfung nicht standhalten würde.

Nach der Beweisführung beziehungsweise nach der Widerlegung der von mir aufgestellten Theorie schliefen wir miteinander. Es wäre an dieser Stelle zu ergänzen, dass der Begriff Theorie möglicherweise ein wenig übertrieben ist und nicht sachgerecht. Mit Theorie wird im Allgemeinen eine durch Denken gewonnene Erkenntnis bezeichnet. In der Wissenschaft ist eine Theorie ein System wissenschaftlich begründeter Aussagen, das dazu dient, Ausschnitte der Realität und die zugrundeliegenden Gesetzmäßigkeiten zu erklären. Vielleicht handelte es sich bei dem von mir vorgebrachten Gedanken eher um eine Arbeitshypothese oder auch nur um eine schwachsinnige Behauptung, deren Protagonist mehr von seiner Lüsternheit getrieben war als von wissenschaftlichem Erkenntnisdrang.

Wir blieben noch ein wenig nebeneinander liegen.

Dann stand Vlada auf, zog sich wieder an und sagte: »меня не понимаешь (Menja nie panimajesch).« Du verstehst mich nicht. Ich wisse doch, dass sie verheiratet sei und dass sie genau deshalb nicht bei mir im Hotel habe übernachten wollen. Ich sei doch damit einverstanden gewesen. Sie nahm ihre Jacke und ihre Tasche und verschwand. Die Tür knallte zu.

Sollte ich ihr nachlaufen? Würde es etwas ändern? Früher hatten wir beide darüber nachgedacht, wie eine gemeinsame Zukunft, ein gemeinsames Leben aussehen könnten. Das stand diesmal nicht wirklich zur Debatte. Jeder von uns beiden hatte sein gesellschaftliches Umfeld, aus dem wir beide nicht wagten dauerhaft auszubrechen. Nun ja, nun war es also passiert. Und während sich in der Vergangenheit, unserer Vergangenheit, die fast ein Jahrzehnt zurücklag, fast immer so etwas wie beidseitige Zufriedenheit eingestellt hatte, sich gelegentlich auch Merkmale von Apathie gezeigt hatten, war diesmal offenkundig, dass die Situation weniger euphemistisch zu bewerten war. Von Vladas Seite und ebenso, was mich anbetraf.

Es war halb zehn. Wir hätten jetzt eigentlich in einem Café sitzen und frühstücken sollen und einander erzählen, was in den vergangenen Jahren bei uns beiden passiert war. Wir hätten uns an unsere glücklichen Momente, Reisen und Ausflüge erinnert. An Sternennächte am Ostseestrand, Nacktbaden im Meer, Zärtlichkeiten im Gras. Skiunterricht in den kalifornischen Bergen, der die Pistenpolizei zum Eingreifen und zu einer sittlichen Ermahnung veranlasst hatte. Vielleicht hätten wir die eine oder andere Streitigkeit erwähnt, in der wir uns tollpatschig benommen hatten und die wir im Rückblick selbstkritisch beurteilten. Die Liste, was wir alles Schönes machen und einander erzählen hätten können, ließe sich, wenn nicht unbegrenzt, so doch ziemlich lang fortsetzen. Fest stand, dass es halb zehn war und Vlada fort und anderthalb Tage vor mir lagen, bis mein Zug zurück nach Simferopol ging. Ich hatte meinen Teil dazu beigetragen, dass ich das Wochenende sehr wahrscheinlich alleine verbringen müsste, und war von Selbstzweifeln geplagt. Wenn es eine Möglichkeit dazu gegeben hätte, hätte ich das Rad zurückgedreht. Ich war emotional aufgewühlt. Vielleicht hätte ich zu Vlada nach Hause fahren und ihr 1000 Rosen schenken, Abbitte leisten, vielleicht irgendeine ulkige Aktion starten oder ein Mercedes-Cabrio mieten und sie abholen oder mit dem Heißluftballon an ihrem Fenster vorbeifliegen sollen. Manchmal machen Verliebte so etwas. Im Fernsehen wird dann gelegentlich darüber berichtet, aber meistens nur von den erfolgreichen Aktionen. Manchmal wird auch berichtet, wenn ein um ein Fräulein Werbender bei seiner Performance verunglückt. Ob der Mehrzahl der balzend und theatralisch vorgetragenen Liebeserklärungen Erfolg beschieden ist, ist nicht bekannt. Hierüber wird keine Statistik geführt. Immer wieder hatte ich die vergangenen Jahre mal mehr und mal weniger intensiv überlegt, ob wir uns eines Tages wiedersähen, wie das Treffen verliefe, was wir einander zu sagen hätten. Und jetzt hatte ich es verbockt.

Männer geben ungern zu, dass sie weinen. Wenn überhaupt, lässt Mann dann und wann schon mal eine Träne zu. Die wischt Mann sich dann aus dem Gesicht, holt tief Luft, und es geht wieder. Muss gehen. Aber manchmal lässt sich ein Heulanfall einfach nicht vermeiden. Es war weniger der Umstand, dass ich jetzt anderthalb Tage in Kiew festsäße, von Selbstvorwürfen gequält wäre, die Angst, gedankenversunken und unachtsam auf der Straße oder eine Treppe hinab zu stolpern, von einem Auto angefahren zu werden, als die offensichtliche Gewissheit, Vlada nun endgültig für alle Zeit verloren zu haben. Ich warf mich auf das Bett und hörte erst auf zu weinen, als ich merkte, dass das Kissen, in das ich mein Gesicht hineingepresst hatte, ziemlich feucht war. Eine halbe Stunde mochte das wohl gewesen sein. Ich legte mich auf den Rücken und starrte noch etwas gedankenleer an die Decke. Was sollte ich jetzt tun? Sinnvollerweise tun?

Ich überlegte, ob ich das Kapitel ukrainische, polnische und russische Frauen nicht endgültig zuschlagen sollte. Ich hatte mich in die Beziehungen in der Vergangenheit immer ziemlich hineingesteigert, zu sehr hineingesteigert. Vielleicht war die Leidenschaft, mit der ich beziehungstechnisch unterwegs gewesen war, auch dem Charakter der Osteuropäerinnen geschuldet. Ich erinnerte mich an Dr. Schiwago, der seiner angebeteten Lara trotz der Herzschwäche, an der er litt, ein letztes Mal hinterhergerannt war und dann doch sterben musste, ohne dass Lara ihn gesehen und von seinem Liebesschmerz gewusst hatte.

Während meiner angedachten Generalabrechnung mit

den osteuropäischen Weibsbildern war auch Masha an meinem geistigen Auge vorübergezogen. Masha hatte ich in Frankfurt kennengelernt, gleich am Anfang, als ich berufsbedingt in die Bankenmetropole wechseln musste. Nach einem leidenschaftlichen zweiten Treffen mit ihr, das auf ihren Vorschlag im Schwimmbad stattgefunden hatte, trafen wir uns sporadisch immer mal wieder. Herum kam dabei nie etwas, gleichwohl muss selbst für Außenstehende das Knistern hörbar gewesen sein, wozu ihr erotischer Aufzug nicht unerheblich beigetragen haben mochte. Masha stammte auch aus Kiew. Vielleicht war ich ihren Blicken auch deshalb gleich erlegen gewesen und zu fast allem bereit. Wie gesagt, wir sahen uns von Zeit zu Zeit. Ich hatte aufgegeben, in die Bekanntschaft mit ihr irgendetwas hineinzuinterpretieren. Wenn ich eine Party veranstaltete, war Masha so etwas wie der Hingucker des Abends – wenn sie kam. Verlass auf sie war wenig. In meiner Verzweiflung ging ich die auf meinem Handy gespeicherten Adressen und Telefonnummern durch und war erleichtert, als ich die von Masha entdeckte.

Ich zögerte ein wenig, ihre Nummer zu wählen. Vermutlich wäre Masha jetzt gar nicht in Kiew, sondern in Frankfurt. Ich könnte mich genauso gut in ein Café setzen und die Szenerie beobachten, einfach abwarten. Vielleicht ergäbe sich ein flüchtiger Kontakt, eine Bekanntschaft. Ich könnte jemandem mein Herz ausschütten und reden, mir alles von der Seele reden oder etwas unternehmen. Manchmal nehmen sich Menschen die Zeit und zeigen wildfremden Besuchern Teile ihrer

Stadt. Man spricht über dies und jenes, tauscht sich aus. Am Ende haben beide Seiten etwas davon. Mit etwas Glück bleibt ein Kontakt, wenn man sich sympathisch ist, und man trifft sich wieder. Irgendwo. Irgendwann. Wahrscheinlich sah ich im Augenblick aber auch nicht so aus, dass mich jemand ansprechen wollte. Jeder kennt das: Man muss kein Winner Face haben, aber ein wenig Freundlichkeit im Gesicht, blitzende Augen, Grübchen (wie bei Vlada) helfen schon bei der Kontaktanbahnung. Gefühlt hatte ich in diesem Augenblick nichts von dem im Gesicht. Schauspielern kann ich nicht. Gelegentlich kann man sogar am Telefon hören, wie jemand aussieht. Dazu muss der Gesprächspartner nicht weinen oder schluchzen. Heruntergezogene Mundwinkel, traurige Augen dringen auch durch die Telefonleitung bis zum Ohr des Gesprächspartners durch.

Ich war in einer depressiven Stimmung. Nicht dass ich dauerhaft depressiv wäre. Aber das vorzeitige, nicht erwartete abrupte Ende unseres Wiedersehens setzte mir sehr zu. Menschen, die an Gefühlsschwankungen leiden, bringen sich ja gerade an Weihnachten um, obwohl das zeitliche Ende der Feiertage absehbar und danach wahrscheinlich Besserung zu erwarten ist. Ich holte einige Male tief Luft, machte zwanzig Liegestütze und entschied mich dann, Mashas Nummer zu wählen.

»Ollaff, das ist ein Überrrrrraschung, wie gäht es dir?« Ich erzählte hastig, was passiert war. Masha wusste schließlich auch von meinem eifrigen Bemühen, Kenntnisse des Russischen zu erwerben. Irgendwann hatte ich sie mal mit ein paar Sätzen in ihrer Muttersprache überrascht. Vermutlich hatte ich ihr von meiner geplanten Krimreise berichtet. So genau wusste ich das in diesem Moment nicht. Ich war immer noch ziemlich durcheinander. Wie zu erwarten, war Masha in Frankfurt und nicht in Kiew. Üblicherweise fuhr sie über den Jahreswechsel in die Ukraine, erst nach Kiew und dann manchmal zu ihren Verwandten väterlicherseits in die Bukowina. Jetzt war sie jedenfalls nicht in der Hauptstadt. Ich wollte schon auflegen, um meine Enttäuschung nicht noch größer werden zu lassen.

»Ollaff, hör zu«, sagte Masha, »ich habe Cousine in Kiew, zwei Jahre weniger als ich. Ich rufe sie an.« »Oh, das klingt gut. Eine gute Idee«, bemühte ich mich hinzuzufügen. Zu einem konstruktiven Gespräch beziehungsweise Gedankenaustausch war ich immer noch nicht fähig. Ich fühlte mich so hilflos und unselbständig und war froh über jedes verzehrfertige Häppchen, das mir Masha hinschob. Ich fühlte mich ein wenig wie alte Leute, die die Schnabeltasse an den Mund gesetzt bekommen, wie das Kind, das sich mit sieben immer noch nicht die Schuhe zubinden kann und dem die Mutter dabei hilft, vielleicht wie ein Hund, der nach der Wurst springt, obwohl er gar keinen Appetit hat oder eigentlich ein Steak bevorzugt. Allein die Hoffnung, dass sich meine Bekannte Masha um mich kümmern würde, gab mir neuen Lebensmut. Praktisch war ja noch gar nichts geschehen, und es wäre ohnehin das erste Mal, dass Masha etwas für mich täte und mir helfen würde anstatt umgekehrt. Warum eigentlich nicht? Und vielleicht tat ich ihr auch ein wenig Unrecht, wenn ich sagte, dass auf sie kaum Verlass wäre.

»Ollaff, ich rufe meine Cousine und melde mich danach. Ich weiß nicht, ob schnell geht, aber ich versuche.« Mashas Stimme klang so vertraut in meinen Ohren. Das rollende R und das CH bei *mich* genauso wie bei *danach*. Es war nicht die Zeit, sich über Mashas Akzent zu amüsieren. Ich bin mir sicher, dass ich mich in Kiew, als ich mit Masha telefonierte, auch nicht darüber lustig gemacht habe. Das geschieht jetzt erst in der Retrospektive. In diesem Moment war ich Masha aus innerstem Herzen sehr dankbar.

Nach zwanzig Minuten rief Masha tatsächlich zurück. Ihre Cousine Alina käme mich in einer guten Stunde im Hotel abholen. Alina und ich könnten einen Ausflug machen oder in ein Café gehen, vielleicht mit dem Schiff fahren. Das könnten wir dann gemeinsam besprechen. Ich sollte mir keine Sorgen machen. Ich könnte mich ja schon einmal ausflugsfertig machen. Dann hätte ich auch etwas zu tun. Sonnencreme nicht vergessen. Es könnte sein, dass die Cousine mit dem Fahrrad käme oder es zumindest mitbrächte. Dann könnten wir am Dnipr entlangfahren. Klar, das Fahrradnetz sei in Kiew nicht so ausgebaut wie in Frankfurt, aber wenn wir nicht gerade auf dem Kopfsteinpflaster den Andreassteig hinauf- oder hinunterführen oder auf dem Chreschtschatyk herumkurvten, dann sollte das ein unkompliziertes Fortbewegungsmittel sein. Außerdem habe das Fahrrad den Vorteil, dass wir etwas von Kiew sähen. Wir könnten jederzeit einen Stopp einlegen und uns etwas ansehen oder etwas trinken. Das sei nicht so hektisch wie mit der Metro. Die fahre zwar schnell, aber letztendlich würden wir ja Kiew dann nur von unten sehen. Oben sei es doch grün. Die Leute machten Musik, seien lustig oder auch nicht. Ich sollte in Deutschland dann doch mal berichten, wie es gewesen sei. Alles natürlich, auch von meinem Aufenthalt auf der Krim und was ich den Studenten erzählt hätte. Und am besten auf Russisch. Mein Russisch sei jetzt doch bestimmt perfekt.

Um halb zwölf klingelte das Telefon. Der Herr an der Rezeption sagte, dass eine Dame im Foyer auf mich wartete. Ich prüfte schnell noch einmal mein Gesicht auf Popel in der Nase und Zahncremereste. Vielleicht hätte ich noch einmal einige Stellen ausrasieren sollen. Vlada kannte mich eh mit Dreitagebart und mal mehr oder weniger rasierten Konturen. Das war immer in Ordnung gewesen. Wir hatten dann auf allzu ausgiebiges Geknutsche verzichtet. Alina und ich kannten einander jedoch noch nicht. Möglichweise hatte Masha ihr ein Foto von mir geschickt. Wenn sie eins hatte. Es wäre angebracht gewesen, vielleicht einige Minuten in die Gesichtspflege zu investieren, aber ich hatte daran nicht gedacht. Na ja, ich hatte wohl keine rechte Lust gehabt. Ich ging die Treppe hinunter ins Foyer.

Alina hatte sich in einen Sessel an der Längsseite gegenüber der Rezeption gesetzt. Sie blätterte in einer Zeitung. Ich wusste nicht, ob sie schon länger hatte warten müssen. Sie hatte die Beine übereinandergeschlagen. Die Kniespitzen lugten hinter der Sessellehne hervor. Grob geschätzt war sie etwas größer als Vlada, nicht über eins siebzig, aber mit proportional längerem Beinanteil. Ich vermutete, sie sah ein wenig so aus wie Masha. Gleich würde sie aufstehen, dann wüsste ich mehr. Sie hatte schulterlanges dunkelblondes Haar mit einem leichten Rotstich, das hinten zusammengebunden und von der Seite angenehm anzuschauen war. Manchmal sehen Frauen von der Seite ganz toll aus. Von hinten sowieso. Mann erwartet dann, dass auch das Gesicht so straff ist wie der Po und pickelfrei. Na ja, meine Erwartungen waren jedenfalls hoch, sicherlich beeinflusst vom Antlitz Mashas, den Kniespitzen, die ich jetzt schon gesehen hatte, und von meinem mittelosteuropäischen Frauenbild. Ich mochte die leicht vorgeschobenen Wangenknochen, auch wenn das Gesicht leicht rundlich war.

Die Detailversessenheit, mit der ich die Frauen beschreibe, und die kritische Begutachtung sollen nicht darüber hinwegtäuschen, dass man in ähnlicher Weise bei der äußerlichen Charakterisierung von Männern vorgehen könnte. Ich bin sicher, das wird auch von Frauenseite aus getan oder eben von Männern, die ihresgleichen suchen. Und wer von denen einen Schönling sucht, der wird eben an der überwiegenden Mehrheit der Männer jede Menge Makel finden, verständlicherweise auch an mir. Ich bilde mir immer ein, ich würde mit anderen Qualitäten punkten als mit meinem Aussehen. Diese Ausrede hilft mir bei meinem täglichen Kampf gegen mich selbst und verhindert wahrscheinlich konsequentere Selbstdisziplin. Letztendlich sollte man als Mann des Mittelmaßes nicht zu kleinlich sein und nicht zu anspruchsvoll und die Dinge und die Frauen so nehmen, wie sie kommen. Ich sollte glücklich darüber sein, dass Alina so schnell ins Hotel gekommen war, dass sie überhaupt Zeit für jemand wie mich hatte. Ich wusste nicht, was Masha ihrer Cousine erzählt hatte. Als ich die letzte Stufe der Treppe hinabgestiegen und nur noch wenige Schritte von Alina entfernt war, blickte sie auf und grinste. Auch weil ich nichts Besseres zu sagen wusste, fragte ich kurz: »Alina?«

»Ollaff?« Alina sprach so und mit starkem Akzent, wie ich das von Masha her kannte. Jedenfalls sprach sie meinen Namen so aus. Ich wusste nicht, ob Alina Deutsch sprach. Wahrscheinlich eher nicht. Und wahrscheinlich sprach sie meinen Namen lediglich so aus, wie sie ihn von Masha gehört hatte. Alina grinste jetzt noch ein bisschen mehr. Ich glaube, wir waren einander sympathisch. Es schien so. Es sei angemerkt, dass man als Mann aus dem Westen im Osten Europas bei vielen Frauen als potent gilt. Finanziell potent. Das kann sich mit gegenseitiger Sympathie vermischen, muss es aber nicht. Ich kenne genügend Geschichten von Männern, darunter Bekannte von mir, die meinten, weil Frauen mit ihnen Champagner trinken wollten, wäre da sowas wie ein gegenseitiges Interesse füreinander. Das kann ein Trugschluss sein.

Alina stand auf. Wir gaben einander höflich die Hand und drückten einander dann doch noch kurz mit einem leichten Busserl auf die Wange. Alina war mit ihren Pumps leicht größer als ich. Nicht viel, vielleicht einen oder zwei Zentimeter. Das passte schon. Wenn sie die Pumps auszöge und ich meine Schuhe, wäre die Rangordnung wiederhergestellt. So weit wollte ich jetzt aber dann doch nicht denken. Wahrscheinlich behielten wir ja im Laufe des Nachmittags unsere Schuhe an. Ich wusste nicht, ob Alina mit dem Fahrrad gekommen war. Ihre Schuhe waren nicht die praktischsten zum Fahrradfahren, aber es waren eben auch keine High Heels. Solche hätten sich ja weder für einen ausgiebigen Stadtrundgang geeignet noch für eine Fahrradtour, was aber nicht heißt, dass sie nicht trotzdem getragen werden.

Alina hatte eben die typischen, erhöhten Wangenknochen. Ihr Gesicht war dadurch nicht konturlos schmal, aber eben auch nicht so rundlich, wie ich das von Vlada her kannte. Dafür waren die Brüste etwas straffer und windschnittiger. Nach meiner Beobachtung gab es da eine Korrelation. Alinas Figur ähnelte der von Masha, und die hatte ja auf mich in der Vergangenheit durchaus einen gewissen Reiz ausgeübt.

»Du bist also Ollaff«, sagte Alina in Englisch und fragte, ob wir bei dem schönen Wetter nicht eine Fahrradtour am Dnipr entlang machen sollten. Ich blickte noch einmal zu ihren Schuhen und meinte, das sei eine gute Idee, ich hätte Lust. Wie das denn mit ihren Schuhen gehe? Außerdem wies ich darauf hin, dass zumindest ich noch kein Fahrrad hätte. »Kein Problem«, erwiderte Alina. Wir könnten hier in der Nähe ein Fahrrad leihen, und sie sei ohnehin mit ihrem Mountainbike da. Das sei hier in Kiew ganz schön praktisch und vor allem schnell. Und sie sei auch viel fitter durch das tägliche Radfahren als früher. Wir müssten an einigen Stellen etwas vorsichtig sein, weil nicht überall Radwege eingerichtet seien, aber sie wolle schon aufpassen.

Sie schlug vor, am Dnipr entlangzufahren, an dessen

Ufer vor zwei Jahren ein Radweg gebaut worden war, der fast durchgängig bis zum Höhlenkloster geht. Wir könnten das Kloster besichtigen und dann vielleicht einen Kaffee trinken oder etwas essen. Ein Café, na ja wohl eher ein Kaffeestand innerhalb der Klosteranlage, habe eine Aussichtsterrasse, und sie schaue von dort gerne auf den Fluss und das gegenüberliegende Ufer.

Ich erinnerte mich, dass ich mit Vlada vor Jahren eine kleine Bootstour gemacht hatte, die uns den Fluss aufwärts führte. Man fährt dann an der von Weitem sichtbaren Mutter-Heimat-Statue vorbei, die wie die Oberstadt auf dem hügeligen Ufer errichtet worden ist. Die über 60 Meter hohe Statue, die 1981 etwas verspätet anlässlich der Feierlichkeiten des 35. Jahrestages des Sieges der Roten Armee eingeweiht wurde und auf einem 40-Meter-Sockel thront, stellt wegen ihrer schieren Größe alles andere in den Schatten. Ein Besucher der Hauptstadt kann sie nicht übersehen. Gleichwohl gibt es kulturell interessantere und wichtigere Bauten in Kiew, einige zählen zum Weltkulturerbe der UNESCO, die Statue selbstredend nicht. Auf der flachen Westseite des Dnipr fallen die neuen schicken Wohnhochhäuser auf. Sie stehen inmitten sich scheinbar endlos ausdehnender Wälder, die erst am breiten, weitläufigen Uferstrand enden. Das Wasser des Stroms schimmert blau. Die Idylle mag ein wenig getrübt sein von dem Gedanken, dass der Dnipr durch das an manchen Stellen radioaktiv belastete Kiewer Meer, einen über 100 Kilometer langen Stausee im Norden der Stadt, fließt. Man kann sich nie so ganz sicher sein, wenn man seine Füße am Dnipr-Strand badet. Große Mengen Cäsium und anderer Radionuklide werden wohl derzeit im Bodenschlamm des Stausees gebunden. Die radioaktive Strahlung ist an vielen Stellen des Sees bedenkenlos, und man kann baden. Vom Fischverzehr ist abzuraten. Horrorprophezeiungen über die Auswirkungen von Tschernobyl sind zumindest hier nicht eingetreten. Aber das ist eine Momentaufnahme.

Die meisten Bewohner von Kiew machen sich über langfristige Strahlenschäden wenig oder keine Gedanken. Was bleibt ihnen auch anderes übrig? Sie können nicht weg. Wer etwas vorsichtiger ist, sammelt oder kauft zumindest keine von Privatleuten angebotenen Pilze oder Waldbeeren. Da weiß man nicht, wo die herkommen. Staatliche Lebensmittel werden kontrolliert. Kiew selbst ist damals von dem Unglück weitgehend verschont geblieben, die Wolke zog in den Norden und vor allem nach Weißrussland. Strahlenfolgeschäden gibt es natürlich auch in Kiew, die Krebsraten sind höher, allerdings nicht so dramatisch, wie befürchtet wurde. Für die Betroffenen ist es immer ein hartes Los.

In dem Verleih, der in einer Parallelstraße eröffnet hatte, mietete ich mir ein Fahrrad, und dann fuhren wir einige hundert Meter bis zum Dnipr. Ich schaute mir die Häuser links und rechts an. Ich meinte, die eine oder andere Straße schon einmal gesehen zu haben. Damals hatte ich nur Augen für Vlada gehabt und war ihr blind gefolgt. Hätten wir uns verloren, ich hätte nicht gewusst, wie ich zurückkomme. Jetzt folgte ich Alina nicht ganz so blind. Ich musste ein wenig aufpassen. Hier in Podil hatten vor allem die beschaulichen Nebenstraßen Kopfsteinpflaster, manchmal fehlte auch ein Stein oder ein Kanaldeckel. Das kommt nicht übermäßig oft vor, aber es reicht, wenn man das Fahrrad in nur einen einzigen geöffneten Kanaldeckel hineinlenkt. Ich blickte also mehr oder weniger konzentriert nach vorne und sah, wie Alina ihre Beine abwechselnd streckte und wieder durchdrückte. Der Rock rutschte bei den Tretbewegungen wohl manchmal etwas zu weit nach oben, so dass sie einige Male versuchte, ihn mit einer Hand wieder etwas zurechtzurücken. An der ersten Straßenkreuzung nahm sie beide Hände und zog ihn dann nach links und rechts, nach oben und wieder etwas nach unten, bis er richtig saß. Durch das Sitzen hatte er sich wohl auch leicht zwischen ihre Pobacken eingeklemmt. Als sie dann wieder anfuhr, drückte sie ihre Knie beim Treten immer leicht nach innen, in der Hoffnung, den Rock so vom Rutschen abzuhalten.

Ich blieb blickmäßig an ihren Fersen. Auf dem Dnipr fuhren einige Ausflugsdampfer. Links sah ich auf der gegenüberliegenden Seite die Sandstrände. Rechts war die Straße. Dahinter erhob sich, sobald wir Podil verlassen hatten, der charakteristische und an seinen Hängen bewaldete Höhenzug, auf den nicht nur die Oberstadt, sondern auch weite Teile der Millionenstadt gebaut sind. Während der Fahrt unterhielten wir uns nur wenig. Der Radweg geht in beide Richtungen. Wenn Gegenverkehr unterwegs ist, muss man hintereinander fahren. Die Geräuschkulisse der sechsspurigen Uferstraße und mein zunehmend schlechter werdendes Gehör verhinderten zudem eine intensivere Unterhaltung während des Fahrens.

Etwa in Höhe des Höhlenklosters gab es eine Unterführung, die wir durchquerten, um auf die andere Seite der breiten Straße zu kommen. Von dort waren es nur noch wenige hundert Meter bis zum südlichen Eingang des Klosterensembles. Alina kannte den Weg, der ein wenig verschlungen und wahrscheinlich auch nicht der ganz offizielle war. Der Andrang an der Kasse war nicht übermäßig groß. Dass wir überhaupt etwas warten mussten, war weniger dem Besucherstrom geschuldet als der Tatsache, dass von den drei Kassenhäuschen nur eines geöffnet hatte. Alina hatte sich ein Kopftuch mitgebracht, das sie sich, kurz nachdem wir den Eingang passiert hatten, um die Haare wickelte. Das gebiete ihr der orthodoxe Glaube, sagte sie, und auch der Respekt gegenüber den im Kloster wohnenden, arbeitenden und betenden Mönchen. Als ich mit Vlada in der Osternacht in der Kirche gewesen war, hatten vor allem die alten und ganz alten Frauen ein Kopftuch getragen. Vlada hatte ich nie mit einem Kopftuch gesehen. Außer wenn sie sich abends ihre langen Haare gewaschen hatte und dann eben mit dem Handtuch um den Kopf bekleidet unter die Bettdecke geschlüpft war.

Ich wollte das Kopftuch jetzt nicht diskutieren, in einer Moschee oder in einer Synagoge akzeptierte ich die Kopfbedeckung schließlich auch. Ich fand die Kombination eher interessant und ein bisschen gewagt. Hier das Kopftuch als Zeichen der Religiosität und aus Respekt vor den Mönchen und auf der anderen Seite die nur mäßige, fast spärliche Bedeckung des Unterkörpers. Ich wollte nicht klagen, war ich doch Alinas Beinen die ganze Zeit leicht beschwingt hinterhergefahren, und sie hatten mich fast den traurig-dramatischen Anlass vergessen lassen, der sozusagen Grund für unsere Bekanntschaft und den jetzigen Ausflug gewesen war.

Wir machten einen kurzen Stopp in einer der vielen bekannten Kirchen, die jede für sich sehenswert ist, und erreichten dann über mehrere mitunter auch sehr steile Treppenaufgänge die Aussichtsterrasse hinter dem Refektorium. Von dort oben hat man einen grandiosen Blick über die weiter unterhalb liegenden Teile des Klosterkomplexes und auf den breiten Fluss.

An dem Kiosk holte ich uns eine Portion Pelmeni und zwei Büchsen Bier, die wir auf der Balustrade abstellten. Hier hatte Alina mit mir hingewollt. Der Ausblick war großartig. Alina sagte, dass sie bei schönem Wetter öfter herkomme. Sie gehe dann zunächst in die Kirche, und dann setze sie sich meist auf eine der Bänke, schaue den Besuchern zu oder lese in einem Buch. Am Sonntag gehe sie immer in die Kirche. Na ja, manchmal auch nicht, wenn der Abend vorher zu lang gewesen sei oder sie, was allerdings selten der Fall sei, woanders übernachtet habe.

Früher sei das alles anders gewesen. Da sei sie oft mit ihren Freundinnen abends weggegangen oder sie hätten sich mal hier und mal dort zum Tee oder Bier getroffen. Dann habe sie ihren damaligen Freund Igor kennengelernt und sei fortan nur noch mit ihm unterwegs gewesen. Oder sie seien eben zu Hause geblieben. Sie hätten sich alsbald eine kleine Wohnung gemietet. Das Geld, das sie vorher für Bar- oder Cafébesuche hätten ausgeben können, sei dann zwangsläufig schon für die Miete verbraucht gewesen. Aber es seien eben auch kuschelige Zeiten gewesen. Igor sei aus Weißrussland gekommen, aus der Gegend um Gomel. Die Großmutter wohne wohl immer noch da auf ihrer Datscha. Na ja, da seien sie dann im Sommer gelegentlich hingefahren. Die Datscha sei nicht direkt in Gomel gelegen, sondern 20 oder 30 Kilometer entfernt davon in Vetka, so richtig idyllisch mit Seen und Wäldern. Es sei ja klar, dass sie dann nicht nur zu Hause bei der Großmutter herumgehockt hätten, sondern auch viel durch die Wälder gestreift und über die Felder gezogen seien. Auf den Wiesen wüchsen Blumen: Pusteblumen, Gänseblümchen, Klee und bunte Gräser. Manchmal stehe hier und da eine Kuh zum Weiden herum. Es gebe keine massenhafte Tierhaltung. Die sei da verboten wegen Tschernobyl. Auf einer Karte habe sie mal gesehen, dass bei Vetka drei Zonen zusammenträfen: Sperrzone, also so wie um Tschernobyl direkt, eine dauerhaft überwachte Zone und eine Zone, die halbjährlich überprüft werde. Das sei wohl in Weißrussland alles etwas komplizierter als in der Ukraine. Es gebe in Weißrussland mehrere Sperrzonen, weil die Radioaktivität nicht an allen Stellen gleichmäßig heruntergekommen sei, sondern vor allem da, wo es geregnet habe. Mairegen. Um die Sperrzonen sei damals Absperrband gezogen worden. Manchmal sehe man ein Schild. Nicht immer werde das Band erneuert, wenn es gerissen sei. In der Ukraine versuche die Regierung wohl irgendwie, das Problem zu händeln. Da gebe es viele staatliche Kontrollen und belastete Lebensmittel würden vernichtet. Oder es würden medizinische Untersuchungen durchgeführt. Die Kinder würden, wenn sie gesundheitliche Probleme hätten, manchmal zur Kinderkur auf die Krim geschickt oder in andere unbelastete Gebiete. Die Ukraine könne ja nicht einfach umziehen. Weißrussland sei jedoch viel stärker belastet und das Land im Grunde genommen mit der Situation überfordert. Die Sperrzonen seien evakuiert worden. Daneben gebe es aber viele Gebiete, in denen dauerhaft die Strahlung gemessen werde. Die könne sich bei Waldbränden schon einmal erhöhen. Bäume und Pflanzen speicherten die Radioaktivität, aber bei einem Brand würden kontaminierte Teilchen eben auch in die weniger belasteten Gebiete getragen. Ob die Zonen noch so seien, wie sie das mal auf einer Karte gesehen habe, wisse sie nicht. Es könne schon sein, dass sich die Radioaktivität an der einen oder anderen Stelle ausgebreitet habe. Natürlich nehme die Strahlung insgesamt ab. In tausend Jahren könnte man vielleicht wieder in der Sperrzone wohnen. Aber heute sei die Radioaktivität eben an einigen Stellen noch sehr hoch und für die allermeisten Menschen zu viel.

Nachdem Alina mit Igor das zweite Mal nach Vetka gefahren sei und dort einen ganzen Monat auf der Datscha verbracht habe, habe sie etwas später eine Fehlgeburt gehabt. Alina habe damals nicht gewusst, dass sie schwanger gewesen sei. Sie habe keine Periode gehabt, aber das sei auch vorher schon mal vorgekommen, wenn sie beispielsweise besonders hohem Stress ausgesetzt gewesen sei. Jeden Morgen hätten sie frische Mich vom Nachbarn bekommen mit einem total fetten Sahnerand obendrauf. Später habe sie dann gehört, dass die Milch in dem Gebiet möglicherweise zu stark radioaktiv belastet sei, weil man ja eine frei herumlaufende Kuh auch nicht kontrollieren und vor allem nicht davon abhalten könne, in stärker kontaminiertem Gelände zu grasen. Greenpeace habe einmal die Milch in den nicht gesperrten Gebieten untersucht. Ein Bericht darüber sei im ukrainischen Fernsehen gezeigt worden. In Weißrussland, woher die untersuchte Milch gestammt habe, sei der Beitrag natürlich nicht gesendet worden. Es sei für sie, Alina, durchaus vorstellbar, dass das Problem der Radioaktivität und der verstrahlten Gebiete von dem Diktator Lukaschenko irgendwann per Dekret abgeschafft werde. In Weißrussland gebe es eben noch weniger Pressefreiheit als in der Ukraine. Auf jeden Fall glaube sie, dass die Fehlgeburt mit einer erhöhten Strahlenbelastung während dieses Sommers auf der Datscha in Zusammenhang stehen könnte. Kurz darauf sei die Beziehung zu Igor in die Brüche gegangen. Er habe sich, glaubte Alina, etwas Jüngeres geangelt. Über beides sei sie nun hinweg. Nur manchmal denke sie noch an alles.

Sie lese viel. Das beruhige. Sie tauche dann immer in eine ganz andere Welt ein, und manchmal verliebe sie sich sogar in die Figuren. Wenn die Geschichte traurig ende und ohne Happy End für ihren Helden, dann sei sie natürlich auch gelegentlich etwas traurig. Bis zum nächsten Buch. Sie habe den Versuch aufgegeben, aus der Ukraine wegzukommen. Sie hätte mal besser Deutsch lernen sollen wie Masha. Mit ihren nicht schlechten Englischkenntnissen könne sie, Alina, ja vor allem nach

England und in die Vereinigten Staaten, aber als Politologin sei es eben schwierig, einen Job zu finden. In Großbritannien habe sie schon für anderthalb Jahre gearbeitet als Mädchen für alles: Computer anschließen, Empfangsdame, Postverteilung, Microsoft-Office-Expertin. Natürlich sei sie nicht als Expertin bezahlt worden. In Großbritannien gebe es zwar viele reiche Russen, aber normale Russen wollten sie dort nicht. Ukrainer wollten sie erst recht nicht, außer vielleicht in Bars und als Prostituierte. Das sei aber nun verständlicherweise nicht ihr Ding. Also sei sie wieder nach Kiew zurückgekommen. Hier arbeite sie mal als Assistentin, wissenschaftliche Mitarbeiterin für einen Professor an der Uni, mal als Begleiterin für Ausländer und Geschäftsreisende. Mit denen müsse sie dann zu Behörden, mal zu einem Geschäftstermin, mal in die Oper oder zum Abendessen, aber nichts Sexuelles. Sie habe allerdings schon mal Nein sagen müssen. Einmal habe sie jedoch einen Herrn sehr sympathisch gefunden und er sie wohl auch. Jedenfalls sei das so in der Woche gewesen, in der sie die Begleitung übernommen habe. Aus Chicago habe er sich dann aber nicht mehr gemeldet. Na ja, so sei das eben. Wenn Masha nach Kiew komme, träfen sie sich immer auf einen Kaffee. Sie kannten sich schon seit der Grundschule. Gemeinsam hätten sie Ballettstunden genommen. Wieso Masha mir erzählt habe, sie, Alina, sei eine Cousine von ihr, wisse sie nicht. Das sei ja letztendlich auch nicht so wichtig, oder? Ob ich denn viel lesen würde und was? Ich musste gestehen, dass ich mich bisher für die große Literatur nicht im Übermaße hatte begeistern können.

Nicht dass ich nur Schundliteratur läse, aber große Teile meiner Lektüre seien nicht zitierfähig. Einen Spruch aus Goethes Werken könne man halt immer zum Besten geben und damit seine Belesenheit dokumentieren. Wenn man hingegen aus subversiven Werken zitiere, die überdies vor allem oder ausschließlich einigen Einzelgängern oder spinnerten Personen bekannt seien, falle das nie jemandem auf. Wenn ich erst erklären müsse, warum welche Person was in welcher Situation und in welchem Buch gesagt habe, dann würden die meisten doch schon gelangweilt weghören und sich Leuten zuwenden, die Bekanntes oder Brauchbares erzählten. Einmal hätte ich im Betrieb über mein damals aktuelles Lieblingsbuch berichtet, welches zugegebenerweise nicht zur geistigen Hochliteratur gehört. Der Chef habe dann die Nase gerümpft, und alle, die unter ihm noch etwas werden wollten, hätten es ihm nachgetan. Die Schmach hätte ich mittlerweile verarbeitet. Freiheraus zu sprechen, sei in manchen Kreisen hoch geschätzt und gelegentlich sogar ein Qualitätsmerkmal. Aber eben nicht immer und überall. Ein befreundeter Kollege habe mir einmal berichtet, das habe jetzt zwar nicht mit Literatur zu tun, dass er nach der Geburt seines ersten Sohnes und ein paar Monaten zu Hause bei seiner Rückkehr ins Büro nach der Entwicklung des Kindes gefragt worden sei, worauf er offen erklärt habe, dass sein Sohn die vergangenen Wochen unter Blähungen gelitten habe. Das habe der Wahrheit entsprochen und komme nach meinem Wissen bei Säuglingen auch öfter vor. Es sei aber nicht die Antwort gewesen, die die Vorgesetzten hören wollten. Also, entschuldigte ich mich, da würde ich jetzt wohl zu sehr abschweifen. Mein Konsum an anerkannter Literatur bewege sich umfangmäßig ungefähr zwischen dem, was beispielsweise Germanisten und sonst wie Belesene läsen, und dem, was Mathematiker außer Formeln, Beweisen und Fachaufsätzen ihrem Geist an Lektüre zuführten oder Fußballbegeisterte außer der Sportberichterstattung inhalierten. Ob sie verstehe, was ich damit sagen wolle? Und dann, ergänzte ich, sei es ja so, dass man beim Lesen eben nichts anderes machen könne. Wie andersherum natürlich auch: Wenn ich also einen spannenden Roman läse, könne ich ja nicht gleichzeitig mit irgendwelchen Leuten sprechen, geschweige denn andere Leute kennenlernen. Vielleicht auf der Buchmesse. Ich hätte ja diesen Spätsommer und Oktober irgendwo ans Meer fahren können mit ein paar Büchern im Gepäck. Dann hätte ich erfahren, was all die Helden in den Büchern erlebt hätten, wäre aber nun wahrscheinlich nicht selber ins Abenteuer eingetaucht. Ich erzählte ein wenig, was ich alles erlebt hatte auf meiner Krimreise, wen ich kennengelernt und welche Geschichten und von welchen Lebensläufen ich gehört hatte. Dann berichtete ich von meinen Reisen nach Krakau, vor allem mit meinem Bekannten A. Wenn A. nun wie andere Vertreter meines Bekannten- und Freundeskreises ein Bücherheld gewesen wäre, hätten wir in Krakau eben kaum solche Geschichten erlebt, wie andere sie erst erfinden oder nachlesen müssten. An einem Beispiel wollte ich den Unterschied zwischen real Erlebtem und selbst Gelesenem noch einmal herausstellen.

Rückblickend weiß ich nicht recht, warum ich den Unterschied explizit erklären wollte. Es scheint mir so, als habe ich Selbstverständliches erklären wollen. Alina wusste bestimmt das eine von dem anderen zu unterscheiden. Betrunkene erklären manchmal auch Selbstverständliches ihren Gesprächspartnern. »Hör zu«, fangen sie dann meistens an. »Hör ganz genau zu.« Ob jetzt der Gesprächspartner die Erklärung wirklich benötigt, sei einmal dahingestellt. Wahrscheinlicher ist doch, dass der in seinen Sinnen Getrübte sich eher selbst einiger Dinge vergewissern möchte und dazu noch einmal alles wiederholt, woran er sich in diesem Moment erinnern kann. Dabei hilft ihm dann der Zuhörer. Eine solche Rolle als Zuhörer eines Betrunkenen kann höchst anstrengend sein. Ich weiß nicht, warum ich die gute Alina da hineindrängte.

Ich erzählte Alina, dass ich nach meinem Abitur in Pamplona zur Fiesta de San Fermin gewesen sei. Im Vorfeld hätte ich den Roman von Hemingway gelesen. Für meine zarte Seele sei das damals starker Tobak gewesen, was Hemingway an Trinkgelagen, Raufereien, brutal vorgetragenem Männlichkeitskult, Diffamierungen von Rivalen in Fiesta zusammengeschrieben habe. Ich sei aufgewühlt, angewidert gewesen und hätte zugleich den Protagonisten Jake Barnes um viele seiner Erfahrungen beneidet. Und dann sei ich selber nach Pamplona gefahren, hätte gefeiert, getrunken und heiße Nächte im Freien verbracht. Von einer in Erwägung gezogenen Teilnahme am Encierro[6] habe mich meine spanische

6   Morgendlicher Stierlauf während der Fiesta

Freundin schlussendlich aber doch abgehalten und darauf hingewiesen, dass regelmäßig einige der Teilnehmer ernsthafte Verletzungen davontrügen, und dann sei es eben auch nicht mehr so weit her mit der Männlichkeit. Vielleicht sei ich doch zu sehr Weichei und Heulsuse und hätte deshalb gekniffen. Dennoch sei natürlich die Reise nach Pamplona ein Erlebnis, ein erlebtes Erlebnis, kein angelesenes. Eines fügte ich noch hinzu, dass man irgendwie offen für seine Umwelt sein müsse. Es reiche nicht aus, sich in ein Café zu setzen und auf die Mitnahme eines Buches zu verzichten. Wenn man stattdessen mit seinem Smartphone herumspiele, vielleicht noch ein paar Selfies für Instagram oder Facebook schieße, dann blieben reale Erlebnisse eben doch meist aus. Jetzt hätte ich irgendwie so viel Belangloses erzählt, dass es mir selbst fast ein wenig peinlich sei, ich wolle jetzt noch ein Bier holen, wenn sie, Alina, nichts dagegen habe. Nein, habe sie nicht, aber nur, wenn ich für sie auch eine Büchse mitbrächte.

Alina meinte, das sei nicht banal, was ich erzählt hätte. Romanhelden gäben natürlich nie so etwas Einfaches von sich – sie vermied das Wort Banales –, sondern immer etwas, worüber der Autor wahrscheinlich nächtelang nachgedacht habe, um es dann in einem Nebensatz so zu platzieren, dass der Leser denke, diese Erkenntnis sei der Romanfigur ganz beiläufig gekommen und in diesem Moment nur zufälligerweise herausgerutscht. Ich glaubte, Alina und ich dachten irgendwie ähnlich. Ich empfand es durchaus bereichernd zu lesen, nur eben nicht alles, nur weil es irgendwer aufgeschrieben hatte und andere Leute es auch lasen.

Ausgangspunkt meines kleinen Exkurses war die Aussage Alinas gewesen, dass sie viel lese. Ohne dass sie nun konkret geworden war, hatte sie dann nach meinen eigenen Lesegewohnheiten gefragt, und anstatt ihr mein letztes zitierfähiges Buch zu nennen, hatte ich mich gleich in wirre Ausflüchte und halbgare Theorien verstrickt. Obendrein bekam sie einen kleinen Einblick in mein Seelenleben, in die Sprunghaftigkeit meines Denkens. Nicht dass ich mich jeder Konvention widersetzte, aber manchmal tat ich mich mit der Akzeptanz des Alltäglichen schwer und rebellierte, wann immer möglich, was mir nur äußerst selten zu meinem Vorteil gereichte.

Glücklicherweise schwenkte Alina zu ihren eigenen Lesegewohnheiten zurück. Sie lese viel. Dabei liebe sie Abwechslung und Gegensätzlichkeit, also mal Krimi, mal Klassiker, mal Arztroman. Von ihrer heimlichen Vorliebe für Arztromane könne sie sich als Frau nicht ganz freisprechen. Aber manchmal, so müsse sie zugeben, führe sie sich auch subversive Literatur oder das, was sie dafür halte, zu Gemüte. Das bringe sie immer auf ganz andere Gedanken, nicht so, dass sie am nächsten Tag die Revolution ausrufen wolle, aber sie denke schon einmal nach über die Sinnhaftigkeit ihres geordneten Alltags.

Sie habe natürlich Tolstoi und Tschechow gelesen. Hemingway sei ihr zu brutal und zu machohaft. Jetzt zuletzt habe sie Pelewin gelesen, »Buddhas kleiner Finger«. Das sollte ich auch mal lesen. Das werde mir bestimmt gefallen. Die Geschichte sei sehr abgedreht. Oder »Die Reise nach Petuschki«. Pelewin sei einer der meistgelesenen Erzähler der Gegenwart in Russland. Den könne man sogar gut zitieren. Man könne sich zu ihm bekennen, ohne ein schlechtes Gewissen zu haben oder Angst, disziplinarisch gegängelt zu werden. Das liege aber wohl vor allem an den Themen, die in der russischen Literatur behandelt würden. Depressionen, Schizophrenie, Trunksucht, Eifersucht und halluzinatorische Erlebnisse gehörten praktisch zum Instrumentenkasten jedes russischen Schriftstellers. Das sei nicht zu vergleichen mit den Lack- und Ledergeschichten, die in die jüngste Gegenwartsliteratur in den Vereinigten Staaten Einzug gehalten hätten, um der prüden und verklemmten, manchmal verlogenen amerikanischen Gesellschaft ein Ventil zu geben, und die den finanziellen Erfolg eines Buches garantierten. Nein, die den Geistes- und Gemütszustand betreffenden Themen befriedigten eher das Verlangen der russischen Seele und der russischen Leser, denen eine zumindest zeitweise melancholisch-depressive Stimmungslage der eigenen Psyche nicht unbekannt sei. Anders als im Profitcenter Vereinigte Staaten stehe bei den russischen Literaten eben nicht die Gewinnmarge im Vordergrund, sondern die Behandlung der eigenen verletzlichen Seele und auch der der Leser. Der (russische) Buchpreis entspreche daher auch eher einem kostendeckenden Behandlungsentgelt. Ein Buch zu schreiben und im Rahmen seiner Vermarktung eine optimale Abschöpfung der Konsumentenrente anzustreben sei nicht der entscheidende Faktor, der die russischen Autoren antreibe.

Nun hatte ich also gehört, was Alina gerne und was

sie außerdem noch las. Möglich, dass sie Pelewin und Jerofejew jetzt nur genannt hatte, um mich in meiner Unaufgeräumtheit, in meiner untergründig vorhandenen Wertschätzung gegenüber anarchistischen Denkansätzen, in meiner Sympathie für permanente Systemkritik abzuholen. Sie hatte ebenso zugegeben, dass sie das las, was mir persönlich Inbegriff für Spießigkeit, langweilige Angepasstheit und Selbstverleugnung war. Wir hatten das zweite Bier getrunken, den Ausblick auf den Fluss vor uns gehabt, aber irgendwie doch nicht genossen. Wir hatten den Blick auf das Flusspanorama nicht wirklich vermisst. Stattdessen waren wir in unsere Diskussion vertieft gewesen und hatten versucht, uns auch darüber hinaus kennenzulernen. Da standen wir auf der Aussichtsterrasse, hatten um uns herum und unter unseren Füßen ein UNESCO-Weltkulturerbe und letztendlich so gut wie nichts davon gesehen. Der Nachmittag hatte schon angefangen, und Alina wollte mir auf jeden Fall noch ein wenig von der Oberstadt und von Podil zeigen. Fotos vom Kloster könne ich ebenso im Internet ansehen. Und zu Hause könne ich guten Gewissens erzählen, dass wir beim Höhlenkloster gewesen seien. Ehrlich gesagt, müsse man auch Kunstkenner, vielleicht Kunsthistoriker sein, um die Innenräume des Klosters angemessen würdigen zu können. Spontan fielen ihr da nur Attribute wie prächtig, gewaltig, prunkvoll und so weiter ein. Ob man dem kulturellen Wert der Anlage damit hinreichend gerecht werde, wolle sie bezweifeln. Da sei es vielleicht sinnvoller und effizienter, kurz im Reiseführer zu blättern und sich zu merken, was dort geschrieben stehe. Ich sollte, wenn ich in Deutschland wäre, einfach so tun, als hätte ich selbstverständlich die Innenräume der Klosteranlage besichtigt. Wahrscheinlich interessiere es eh keinen und mehr als ein »Oh, ja, wunderbar« oder »Unglaublich, wie kulturbeflissen Sie sind« sei den Gesprächspartnern in der Regel realistischerweise auch nicht abzuringen. Wir gingen zu unseren Fahrrädern zurück.

Alina führte mich über Schleichwege zurück Richtung Chreschtschatyk. Wir fuhren durch den kleinen Park Imeni Bohomol'tsya. Ich hätte den Namen des Parks wahrscheinlich vergessen, wenn Alina nicht gesagt hätte, dass hier das Zahnmedizinische Institut der Universität angesiedelt sei. Man kann nie wissen, ob man eines Tages vielleicht nicht einmal froh über diese Information ist. Es nutzt einem ja die beste private Auslandskrankenversicherung nichts, wenn man nicht weiß, wo man mit seinen Schmerzen hingehen kann.

Am Ende des kleinen Parks liegt die Shovkovychnastraße. Es gibt darüber nichts Besonderes zu sagen, außer dass sie auf die lange Liuteranskastraße führt. Hier wechseln sich alte und neue Häuser ab. Die alten Häuser sind dabei nicht ganz alt, Ende 19., Anfang 20. Jahrhundert. Und die neuen Gebäude sind nicht ganz neu. Wahrscheinlich wurden sie in Baulücken gesetzt. In den 70ern und wahrscheinlich auch in den 90ern. Die Straße beziehungsweise der Oberflächenbelag ist neu, sehr neu, und angenehm zu befahren. Es gibt keine Schlaglöcher, und es wäre Zeit gewesen, hier und da hinzusehen. Vielleicht hätten wir auch nebeneinander herfahren können. Platz genug war. Da ich aber nicht wusste, wann das nächste Auto wohl käme oder doch wieder Kopfsteinpflaster mit und ohne Schlagloch, zog ich es vor, hinter ihr herzufahren. Wir hatten uns ja jetzt auch gute drei Stunden angeregt unterhalten und fast nichts thematisch ausgelassen. Da wollte ich mich wieder auf Alinas Beine konzentrieren und gab darauf acht, dass der Rock während der Tretbewegungen nicht allzu weit nach oben rutschte.

Ich weiß nicht, ob man am Stil, wie Frauen Rad fahren, sehen kann, ob sie über einen längeren Zeitraum Ballettstunden genommen haben oder nicht. Wahrscheinlich nicht. Gleichwohl erinnerte mich Alinas rhythmisches Treten an Masha, die zu unseren Treffen immer mit dem Fahrrad gekommen war, weil ihr beim Bahnfahren schlecht wurde. Ich hatte sie dann immer schon von Weitem beobachtet und bildete mir ein, in ihren Bewegungen jene Grazilität zu sehen, die ich auch bei unserer ersten Zusammenkunft bemerkt hatte, als Masha nämlich von ihrem Fahrrad abgestiegen war und dann die fünf Meter zu mir beziehungsweise von der Lampe, an der sie ihr Rad angeschlossen hatte, bis zu dem Waldweg, auf dem wir joggen wollten, wie eine Ballerina geschritten war: die Schultern nach hinten, die Brust nach vorne gedrückt, das Kinn und den Kopf leicht angehoben.

Manchmal springen die Gedanken. Synapsen bilden sich unaufhörlich. Bewusst wird man sich dieser Tatsache beispielsweise, wenn man den Keller aufräumt, die im Nachbarhaus wohnende Oma anruft und darum bittet, ihr Milch einzukaufen, und es dem Enkel in diesem Moment wieder einfällt, dass er fünf Minuten vorher auf dem Herd im Obergeschoss einen Topf Milch aufgesetzt hat, um Pudding zu kochen. Für die Milch und den Herd ist es wahrscheinlich zu spät, aber es wird klar, dass durch einen äußeren Impuls Vergessenes plötzlich wieder in das Bewusstsein gerät. Auf eine ähnliche Art und Weise erinnerten mich jetzt Alinas Tretbewegungen an Mashas Beine und die erotischen Strumpfhosen, die sie gelegentlich bei unseren Treffen getragen hatte, und auch an die teuren Boss-Stiefel, die sie sich einmal für 400 EUR gekauft hatte. Bis zum Monatsende, das noch drei Wochen entfernt war, hatte sich Masha dann wegen des finanziellen Engpasses ausschließlich von Ravioli ernähren müssen. So tolle Stiefel hatte sich Vlada nie gekauft, weil sie damals wenig bis gar kein Geld hatte und ich auch keine Notwendigkeit für eine solche Ausgabe beziehungsweise keinen Grund dafür sah, ihr so viel Geld für Schuhe zu überlassen. Vlada hatte dann günstigere Stiefel gekauft, die auch nicht ganz unerotisch waren, aber für sie von einem größeren und praktischeren Nutzen, und diese dann einen Abend zusammen mit auf der Reeperbahn erworbenen Strümpfen und Strapsen angezogen, um mich zu überraschen. Was gelang. Die Freude hielt sich jedoch in Grenzen, nachdem wir den ersten blutigen Kratzer auf meinem Rücken bemerkt hatten und Vlada auch über qualmende Füße geklagt hatte. Ohne Stiefel und Strapse fanden wir es beide schöner. Ich hatte nicht an Vlada denken wollen, aber Gedanken kommen manchmal plötzlich, und es ist extrem schwierig, sie wieder auszublenden. Nachts ist es besonders schlimm, was jeder weiß, der schon einmal Schlafstörungen hatte. Als sich Vlada damals von mir getrennt hatte, hatte ich lange Zeit gebraucht, um darüber hinwegzukommen. Keine Frau hatte es in meinen Augen mit ihr aufnehmen können. Natürlich gab es rein objektiv hübschere Frauen. Vielleicht hatten sie schönere Haare, eine geradere Nase, reinere Haut, (noch) dickere Lippen oder einen pralleren Po. Und vielleicht waren andere Frauen auch weniger anspruchsvoll und in manchen Dingen erwachsener oder unkomplizierter. Aber ich war verliebt gewesen, in Vladas Lachen und ihre Grübchen. Später hatte ich mir bei jeder neuen Bekanntschaft selbst einreden müssen, dass irgendetwas oder gleich mehrere Eigenschaften besser waren als bei Vlada. Jetzt war ich gedanklich schon wieder bei ihr gelandet. Wegen der Synapsen. Alina hatte auch eine Strumpfhose an: nichts übermäßig Aufregendes. Nicht ganz blickdicht. Blickdichte Strumpfhosen erinnern manchmal etwas an Stützstrümpfe. Alina hatte keine oder keine größeren Muttermale an ihren Beinen, jedenfalls nicht auf der Unterseite, die ich während des Fahrens inspizieren konnte. Ich vermutete, dass die Beine wie der übrige Körper auch halbwegs durchtrainiert waren. Natürlich war Alina kein Muskelpaket, mehr Geräteturnerin als Eisschnellläuferin oder Rennradfahrerin. Fast am Ende der Liuteranskastraße und kurz, bevor sie auf den Chreschtschatyk mündet, bogen wir in die Zankovetskoistraße ein, eine feine Straße mit restaurierten Häusern. Unten sind Boutiquen, Banken. In den Etagen darüber wohnt es sich mondän. Zumindest war das der Eindruck. Am Straßenrand standen Autos europäischer Hersteller, Modelle im höheren Preissegment. Und eine Ansammlung von Menschen sahen wir halb auf dem Bürgersteig stehend, halb auf der Straße. 100 vielleicht. Eine Regenbogenfahne wurde hochgehalten.

Ich kann nicht genau sagen, wann ich wieder zu mir gekommen war. Das Aufwachen ist ein schleichender Prozess. An einige Dinge, Personen, Vorfälle und Gespräche erinnert man sich, an andere nicht oder nur dann, wenn man darauf später angesprochen wird. Das Bewusstsein kehrt langsam zurück, aber alles ist durcheinander. Urängste kommen hoch. Schwarze, von denen man im normalen Zustand weiß, dass sie nicht beißen oder wild sind, können dann wie Ungeheuer erscheinen. Manchmal werden sie aber auch zu Rettern in der Not. In der konfusen Gedankenwelt des langsam Aufwachenden, der ja nicht weiß, dass er gerade aus dem Koma erwacht und sich mehr auf dem Weg der Besserung befindet als in die umgekehrte Richtung, kann ein farbiger Arzt dann eben auch in die Rolle eines Heilsbringers schlüpfen, dem man sofort alle seine noch unverheirateten und kinderlosen Töchter anvertraut. Möglicherweise akzeptiert der Aufwachende und in diesem Stadium noch konfus Denkende in diesem Fall sogar die Vielehe, die man dem Schwarzen in diesem Moment frei von jeder bösen Absicht und eher willenlos unterstellt, damit der Fortbestand der Familie gesichert wird. Dass die Töchter mit fünfundzwanzig noch unverheiratet sind, wird in der wirren Aufwachphase von einem an einem schweren Schädel-Hirn-Trauma Leidenden vielleicht wie der drohende Untergang der Menschheit empfunden, je nachdem, welche Ängste beim Wiederkehren des Bewusstseins mit welchen Gedanken zufällig und zuerst zusammentreffen. Andere Ereignisse oder Personen können wiederum ganz andere Assoziationen hervorrufen. Diese haben mit der Wirklichkeit, die wir kennen beziehungsweise vorher gekannt haben, ebenso wenig zu tun wie der farbige Arzt, der in der Vorstellung des Traumapatienten zum Heilsbringer oder Kannibalen mutieren kann. Wenn der Hirnverletzte irgendwann in seinem früheren Leben einen Horrorfilm gesehen hat und diesen bei störungsfreier Gehirnfunktion der Schublade »fiktiv« zuordnet, kann es während des Schädel-Hirn-Traumas passieren, dass der Film oder Teile davon unbewusst und unkontrolliert abgespult werden und zufällig anwesende Personen in die Rolle der Filmfiguren schlüpfen. Plötzlich wird der OP-Tisch, auf dem der Verletzte liegt, in dessen Augen zum Versuchslabor eines Dr. Mabuse. Ein leicht glasiger Blick, dicke Augenbrauen oder andere Ähnlichkeiten des behandelnden Arztes mit dem Aussehen Dr. Mabuses machen den real behandelnden Arzt von der Filmfigur ununterscheidbar. Wirklichkeit und Fiktion verschwimmen. Halluzinationen, wie sie beim Gebrauch von LSD und anderen modernen und synthetischen Rauschmitteln hervorgerufen werden, begleiten in der Regel auch den Patienten während der Aufwachphase. Das kann Wochen andauern. Nach erfolgreicher Genesung sollte im Gehirn alles wieder seine Ordnung haben, jeder Gedanke und jede Erinnerung wieder in der richtigen Schublade sein. Zwischen den Schubladen und Gedanken bildet sich eine logische und sinnvolle Beziehung. Aber bis es so weit ist, herrscht Durcheinander.

Einem Patienten mit schwerem Schädel-Hirn-Trauma während der Aufwachphase zu erklären, warum er im

Krankenhaus ist und was passiert ist, muss von diesem nicht notwendigerweise richtig verstanden werden. Ich weiß nicht, ob es Sinn ergibt, dem Patienten in diesem Stadium alles zu erklären, oder ob es besser ist, auf Details zu verzichten, um den Patienten nicht unnötig zu verwirren. Befindet sich der Patient doch – so ist jedenfalls zu vermuten – in einer Phase, in der die Gedanken gerade wieder geordnet und sinnvolle Synapsen zwischen den Schubladen im Gehirn hergestellt werden. Zu viel Information könnte möglicherweise nicht verarbeitet werden und dem Heilungsprozess eher entgegenwirken. Ich bin kein Arzt.

Die Situation stellt sich möglicherweise noch verzwickter dar, wenn die Beteiligten nicht genau wissen, was passiert ist, und erst recherchieren, Hypothesen aufstellen und verwerfen, Zeugen befragen, Aussagen gegeneinander abgleichen und das Ganze wie ein Puzzle zusammenfügen müssen. Was sollte man dem Kranken sinnvollerweise erklären? Gar nichts? Ein bisschen? Das, was feststeht? Das, was feststeht, und das, was zusätzlich vermutet wird und zusammen eine Hypothese über den Unfallhergang ergibt? Das, was auch vorgefallen sein könnte und zusammen mit den gesicherten Erkenntnissen zu einer anderen Hypothese führen könnte, nach dem aktuellen Stand der Ermittlungen weniger wahrscheinlich ist, sich aber im weiteren Verlauf und im Lichte weiterer Erkenntnisse letztendlich jedoch als richtig erweisen könnte?

Es ist nicht Aufgabe der Ärzte, einen Unfallhergang zu rekonstruieren. Ihre Aufgabe ist es, dem Kranken zu helfen und ihn bei seinem Heilungsprozess zu unterstützen. Wenn es förderlich ist, können sie dem Kranken auch erzählen, was sie wissen, und ihm bei der Ordnung der Gedanken helfen. Wenn die Ärzte vermuten, dass der Kranke in seinem Genesungsprozess eher gestört wird, wenn er zu viele Informationen bekommt, sollten sie dem Kranken die Ruhe gönnen, die er zu seiner Rekonvaleszenz braucht.

In Kriminalfilmen stehen sich die Interessen von Ärzten und Polizei regelmäßig diametral entgegen. Die Ärzte weisen in der Regel wiederholt darauf hin, dass eine Befragung den Kranken zu sehr belastet. Die Polizei ist immer an der Aufklärung ihres Falles interessiert, manchmal auch nur an seinem Abschluss, was nicht immer das Gleiche ist. Dabei wird auf den Kranken und seinen Zustand nicht unbedingt in ausreichendem Maße Rücksicht genommen. Das Schicksal des Patienten interessiert aus Sicht der Polizei umso weniger, wenn der Kranke selber Täter oder ganz allgemein von einem üblen Charakter ist. Hinzu kommt zuweilen, dass die Befragung des meist schwer Kranken nicht nur der Lösung der bisher bekannten Fälle oder eines schon verübten Mordes dient, sondern eben auch der Verhinderung zukünftiger, erwarteter und vermutlich befürchteter Straftaten oder Attentate. In den zuletzt genannten Konstellationen ist das Verständnis der ermittelnden Kriminalbeamten für den Kranken und seinen labilen Gesundheitszustand in aller Regel nur sehr schwach ausgeprägt. Aus dem Kranken, dem kaum Sprechfähigen, dem temporär Halluzinierenden oder nur zeitweise Ansprechbaren, wird dann, zumindest wenn man der Darstellung in Filmen Glauben schenken darf, alles und mit letzter Konsequenz herausgequetscht. Da auch bei Straftätern und mutmaßlichen Mördern ein Rest an Anstand unterstellt wird, wirken sie beim Dahinscheiden oft erleichtert, wenn die Kriminalbeamten das letzte Geheimnis aus ihnen herausgepresst haben. Beide Parteien, so ist die gängige Sichtweise, gewinnen. Der Dahinsiechende kann in die ewigen Jagdgründe eintreten und konnte sein Gewissen erleichtern, wird womöglich noch zum Helden oder zum Retter in der letzten Sekunde, wandelt sich vom Saulus zum Paulus. Und die guten Polizeibeamten wissen endlich, in welche Richtung sie weiter ermitteln oder wo sie hinfahren müssen, um den nächsten Toten zu verhindern.

In welche Richtung nun in meinem Fall untersucht wurde, kann ich nicht sagen. Das, was ich weiß, beschränkt sich auf die Zeit nach der Aufwachphase. Ich musste schon eine Weile im Krankenhaus gelegen haben, als ich das erste Mal eine Person in Uniform wahrnahm. Das Bewusstsein kehrt nur langsam zurück. In den Schubladen des Gehirns herrscht ein heilloses Durcheinander. Die Wahrnehmung einzelner Personen und Ereignisse während der Aufwachphase lässt sich auch im Nachhinein nicht in eine sinnvolle Chronologie bringen.

Anzunehmen ist, dass sich zunächst Ärzte um mich und die Wiederherstellung meiner Gesundheit kümmerten. Von Gesundheit kann man jedoch nur ganz allgemein sprechen. Vielmehr muss es im Krankenhaus und vermutlich auch vor meiner Einlieferung erst einmal darum gegangen sein, mich am Leben zu erhalten. Man kennt das aus dem Erste-Hilfe-Kurs. Ohne dass ich mich zu sehr im Detail verlieren möchte, hatte vermutlich eine gute Seele bis zum Eintreffen der Sanitäter und der Einlieferung ins Krankenhaus überprüft, ob ich noch bei Bewusstsein war und noch atmete. Gegebenenfalls hatte der unbekannte Ersthelfer, es wäre nicht übertrieben, von einem barmherzigen Samariter zu sprechen, auch wiederbelebende Sofortmaßnahmen wie eine Herzdruckmassage durchgeführt. Vielleicht waren weitere Personen in meine Rettung einbezogen gewesen.

Die Dankbarkeit hätte es verlangt, den unbekannten Ersthelfer und Lebensretter aufzusuchen. Der zeitliche Abstand meines Unfalls zu meiner Genesung, die gesundheitlichen Implikationen, nicht zuletzt die polizeilichen Ermittlungen, die sich auch aufgrund meiner Bewusstlosigkeit und des anschließenden Komas über mehrere Monate hinzogen, haben mich davon abgehalten. Vielleicht sollte ich daher heute umso mehr versuchen, meinen Lebensretter aufzusuchen, und ihm für seinen Einsatz danken, nicht primär finanziell, einfach ideell. Denn welche finanzielle Zuwendung wäre für ein Leben angemessen, wenn er sie wollte? Es sind Fragen, die ich mir heute immer noch stelle, gerade wenn ich meine Geschichte aufschreibe. Aber im Krankenhaus und auch danach habe ich nicht daran gedacht.

In meiner Erinnerung waren bereits mehrere Personen durch meinen Raum gelaufen, herein- und wieder hinausgetreten, hatten mich betrachtet, sich unterhalten. Worüber genau, entzieht sich meiner Kenntnis. Vermutlich gab es aber wohl einen Zusammenhang zu meiner Person und den Geschehnissen um mich herum, die von den Außenstehenden gerade rekonstruiert wurden. Ärzten und der Polizei durfte man die Fähigkeit zu logischem Denken unterstellen, auch dem einen oder anderen Zeugen, und Letzteren zumindest die Bereitschaft, das wiederzugeben oder zu berichten, was sie selber gesehen hatten. Keinen der Besucher konnte ich jedoch konkret einordnen. Vielleicht waren sie in den Raum gekommen und hatten gesagt, wer sie sind. Mir fehlt jede Erinnerung. Ihre Rolle und Aufgabe und die zeitliche Reihenfolge ihrer Besuche blieben für mich unklar. Das Gespräch mit Dr. Pawlitschenko ist die erste Begegnung, an die ich mich bewusst erinnern kann. Danach kamen weitere Besuche von Krankenschwestern und Polizisten, einige von Letzteren kamen vom Staatsschutz. Es mag seltsam klingen, ist aber mit meinem Zustand zu erklären, insbesondere mit dem Umstand, dass ich mich zuvor in der Aufwachphase nach der Überwindung oder Genesung von einem Schädel-Hirn-Trauma befunden hatte: Ich glaubte, einige von meinen Besuchern vorher schon einmal gesehen zu haben. Die Besucher kamen nicht als Unbekannte. Warum sie vorher meinen Raum aufgesucht hatten, was sie gesagt hatten, ob sie mich etwas gefragt hatten, konnte ich nicht beurteilen. Ich konnte mich nicht erinnern.

Dr. Pawlitschenko sagte, ich hätte einen Unfall gehabt, einen Verkehrsunfall. Ich wäre wohl mit dem Fahrrad unterwegs gewesen. Sehr wahrscheinlich wäre ich von einem Auto angefahren und infolgedessen einige Meter durch die Luft geschleudert worden. Jetzt wäre ich in einem Krankenhaus in Kiew. Genau genommen wäre ich schon länger hier im Krankenhaus. Zuerst wäre ich bewusstlos gewesen und danach ins Koma gefallen. Erst seit ein paar Tagen wäre ich wieder bei vollem Bewusstsein. Vor einer Woche noch hätte ich auf Fragen der Ärzte kaum reagiert. Immerhin hätte ich gezuckt, wenn mich jemand gekniffen hätte. Und die Augen wären seitdem geöffnet. Wenn jemand den Raum betreten und sich in meinem Blickwinkel befunden hätte, hätte man sehen können, dass ich begonnen hätte, auf mein Umfeld und Reize zu reagieren. Erst heute Morgen hätten sie den Schlauch für die künstliche Ernährung abgenommen. Dr. Pawlitschenko fuhr fort, ich solle mich nicht wundern, dass ich noch Windeln umgebunden hätte. Wenn die Genesung fortschreite, sollte ich spätestens in den kommenden zwei Tagen selbständig die Toilette aufsuchen können. Wenn ich wolle, komme jetzt gleich die Schwester. Sie würde dann versuchen, mit mir langsam zu essen und zu trinken und später ein paar Schritte zu gehen. Wenn ich Fragen hätte, stehe er, Dr. Pawlitschenko, jederzeit bereit. Wenn er gerade im OP sei, könne er verständlicherweise nicht sofort kommen, aber danach wolle er sich die notwendige Zeit nehmen. Eines müsse er, Dr. Pawlitschenko, jedoch noch loswerden, weil ich mich das wahrscheinlich gleich als Nächstes fragen würde, sobald er den Raum verlassen hätte. Nämlich, warum ich denn hier im Krankenhaus in Kiew läge und nicht nach Deutschland verlegt worden sei. Da sei zunächst die Transportfähigkeit, die nach Einschätzung der Ärzte hier und auch nach Rücksprache mit einem Vertreter der Krankenversicherung in Deutschland lange Zeit nicht gegeben gewesen sei. Dem Transport stünde aus seiner Sicht in einigen Tagen nichts Gravierendes mehr entgegen. Ich solle am besten erst einmal meine ersten Gehversuche mit der Schwester und einem Pfleger abwarten. Daneben sei am Anfang bei meiner Einlieferung nicht so klar gewesen, was meine Rolle bei der Demonstration gewesen sei. Ich wisse doch, wovon er spreche, die Demonstration vor dem Club Pomada in der Zankovetskoistraße. Oh, er sehe Verwunderung in meinen Augen, na ja, vielleicht sei das auch zu viel für den Moment. Ich solle erst einmal das verarbeiten, was ich jetzt wisse. Gleich komme ohnehin die Schwester.

Ich blickte wieder in den Raum. An die Wand. An die Decke. An die Wand rechts. Und links zum Fenster. Ich steckte meine Hände unter die Decke und glitt langsam bis zu meinen Hüften, die dick eingepackt waren. Das mochte wohl die Windel sein, von der Dr. Pawlitschenko gesprochen hatte. Ansonsten war ich nackt. Der Raum war gut geheizt, die leichte Bettdecke hielt mich ausreichend warm. Das Zimmer war groß, und es wäre wohl genügend Platz für weitere drei Betten gewesen. So kannte ich das aus späten Kindheitstagen, als ich einige Zeit im Hospital in einem gut belegten Mehrbettzimmer hatte verbringen müssen. An der Wand am Kopfende meines jetzigen Krankenzimmers stand ein Tropf, der nicht angeschlossen war. Jedenfalls waren meine Hände und Arme frei. Sonstiges Gerät oder Kabelage, wie man es von der Intensivstation eines Krankenhauses kennt, waren nicht zu sehen. Wie lange ich schon in diesem großzügig bemessenen Einbettzimmer lag, wusste ich nicht. Ich meinte, vorher einige Geräte um mich herum wahrgenommen zu haben und Menschen mit Spritzen. Der Kleidung nach zu urteilen handelte es sich vermutlich um Ärzte oder medizinisches Personal, die um mich herumgestanden hatten oder am Bett vorbeigelaufen waren. Woher sie kamen und wohin sie gingen, hatte ich nicht gesehen, auch nicht sehen können und ich hatte mir ja im Übrigen während der Zeit der Aufwachphase auch nicht wirklich die Frage danach gestellt. Vielleicht hatte ich das aber auch durcheinandergebracht mit einem vorangegangenen Aufenthalt in einer Klinik oder mir nur eingebildet und ich hatte es bei jemand anders so gesehen.

In Kiew war ich also, im Krankenhaus. Der Arzt hatte von einem Fahrradunfall gesprochen. Ich erinnerte mich dunkel. Ich war nach Kiew gefahren. Nicht direkt von Deutschland aus. Das hatte ich früher so gemacht. Ich war nach Kiew gefahren, um Vlada wiederzusehen. Anfangs hatte ich gedacht, ich wäre rückwärts die Treppe hinuntergestürzt und mit dem Kopf auf dem Betonboden aufgeschlagen, nachdem ich meinen Liebeskummer mit einem halben Liter Wodka versucht hatte wegzuspülen. Deshalb wäre ich nun im Krankenhaus. Aber das war nicht der Grund. Ich war tatsächlich einmal die Treppe hinabgestürzt. Außer einer leichten Gehirnerschütterung hatte ich jedoch keine weiteren Schäden davongetragen. Ich hatte damals direkt wieder aufstehen können. Als Dr. Pawlitschenko wiederholte, dass ich in

Kiew einen Fahrradunfall gehabt hätte und das Schädel-Hirn-Trauma davon herrühre, dämmerte es mir. Vlada und ich hatten uns wiedergesehen, wir hatten miteinander geschlafen, und danach hatte Vlada fluchtartig das Hotelzimmer verlassen. Ich hatte erst nicht gewusst, was ich tun sollte, und dann meine Bekannte Masha in Frankfurt angerufen, die mir ihre Cousine vorbeischicken wollte. Masha kam zu unseren Treffen meist mit dem Fahrrad. Aber Masha war ja jetzt auch in Frankfurt und nicht hier. Wenn ich einen Fahrradunfall gehabt hatte, dann vermutlich nicht in Mashas Gegenwart. Ich war mit dem Zug nach Kiew gekommen und wollte doch zurück nach Jalta. Weitere Vorträge standen an. Wenn ich im Koma gelegen hatte und letzte Woche noch ohne Bewusstsein gewesen war, war ich vermutlich auch schon länger im Krankenhaus. Die gebuchte Rückreise nach Jalta musste ich dann wohl verpasst haben und ebenso die Vorträge, die ich gemeinsam mit Iulia vorbereitet hatte. Kurz überlegte ich, ob ich in der Universität anrufen oder Evgenij Bescheid geben sollte. Ich wollte noch abwarten. Ich wusste selbst nicht genau, wieso ich im Krankenhaus war, was sollte ich Evgenij mitteilen? Ich glaube, die Frage stellte sich nicht wirklich. Das weiß jeder, der schon einmal schwer krank gewesen ist. Man spuckt Blut, schnappt nach Luft, versucht die Toilette rechtzeitig zu erreichen, krümmt sich vor Schmerzen oder Krämpfen, und man hat anderes im Kopf, als Freunden, der Familie oder bei der Arbeit von der eigenen Unpässlichkeit zu berichten. Im Idealfall erkundigen sich aber auch die Personen aus dem sozialen

Umfeld nach dem Vermissten. Wahrscheinlich hatte sich auch die Universität in Jalta nach mir erkundigt. Der Arzt hatte gesagt, dass er mit der Krankenversicherung in Deutschland gesprochen habe. Die Schwester kam.

Dr. Pawlitschenko sagte, er sei glücklich, dass ich schlucken und essen könne, und auch der Gang zur Toilette habe geklappt. Das würde vieles vereinfachen, wenn auch nicht alles. Er wolle nicht, dass ich mich überanstrenge. Deshalb nur einige zusätzliche Informationen: Ich sei vor zweieinhalb Monaten bewusstlos eingeliefert worden. Die Polizei habe am Unfallort ein verbeultes Fahrrad liegen sehen und daraus geschlossen, dass ich mit dem Vehikel verunglückt sei. Irgendwer habe mich dann noch fachgerecht hingelegt. Dr. Pawlitschenko meinte damit die stabile Seitenlage. Der unbekannte Helfer oder die unbekannte Helferin sei dann aber nicht mehr auffindbar gewesen. Mithilfe der Hotelkarte und meines Personalausweises sei wenigstens eine Identifizierung schnell möglich gewesen. Anfangs sei dann noch die Frage aufgekommen, warum ich mit dem Fahrrad zu der Demonstration gefahren sei und ob ich etwas mit dem Mord zu tun hätte. Ich solle mich jetzt aber nicht aufregen. Die Ermittlungen hätten ergeben, dass ich mit der Gruppe Prawilnij Sektor, dem Rechten Sektor, den man für den Mord verantwortlich mache, nichts zu tun hätte. Er, Pawlitschenko, arbeite ja nicht bei der Kriminalpolizei, aber er müsse schon zugeben, wenn man ihn nach seiner Ansicht fragen würde, was aber bisher keiner gemacht habe, dass die Anreise mit dem Fahrrad in Begleitung einer netten jungen Frau eine perfekte Tarnung sei, weshalb sich eben auch der Staatsschutz, der anfangs mit ermittelt habe, für diese Theorie erwärmt habe. Die junge Frau sei aber auch erst später in die Ermittlungen mit einbezogen worden. Nach seinem Kenntnisstand suchten die Herren von der Kriminalpolizei derzeit noch nach der attraktiven Dame. Es habe auch keiner den Namen gewusst. Irgendwer von den Zeugen habe etwas von einem zweiten Fahrrad erzählt, auf dem eine junge Frau gesessen habe. Das sei nachher aber nicht mehr auffindbar gewesen, ebenso wenig wie die junge Frau. Also hätten die Ermittler zunächst eine Theorie ohne die Dame entwickelt. Pawlitschenko korrigierte sich, eine Theorie, in der ich unbegleitet und alleine mit dem Fahrrad unterwegs gewesen sei. Nachher hätten die Polizisten dann im Rahmen erster Zeugenbefragungen immer wieder von der jungen Dame erzählen gehört, so dass sie schließlich angenommen hätten, dass es sich bei der jungen Frau nicht um ein Phantom handele. Wenn er das Ganze richtig interpretiere, erhoffe man sich von mir, wenn ich denn wieder genesen und ansprechbar wäre, weitere Aufklärung in meinem Fall und möglicherweise auch bezüglich des verübten Attentats. Gut, sagte Pawlitschenko, er wolle die Polizei jetzt noch nicht direkt auf mich loslassen. Ich sollte erst mal wieder zu Kräften kommen. Außerdem habe er die ermittelnden Beamten gewarnt, sich nicht allzu große Hoffnungen zu machen. Ich könne möglichweise keine oder nur kaum verwertbare Informationen liefern. Das sei durch das Schädel-Hirn-Trauma begründet. Patienten mit Hirn-verletzungen litten häufig an einer retrograden Amnesie.

Bestimmte Gedächtnisinhalte, die den Zeitraum vor der Hirnstörung abbildeten, seien dann nicht mehr abrufbar und meist unwiderruflich gelöscht. Das vermute er auch bei mir. Aber es sei doch schon einmal gut, dass ich mich an die Zeit in Jalta erinnern könne. Und vielleicht lasse sich der Rest ja ebenso rekonstruieren.

Mit Masha hatte ich mich in Kiew nicht getroffen. Ich musste mir das selbst immer wieder sagen und ins Gedächtnis rufen. Sie hatte nicht kommen können, weil sie in Frankfurt war. Sie hatte vorgeschlagen, dass ich ihre Cousine treffen könnte. Wenn ich mit dem Fahrrad verunglückt war, das nahm ich mittlerweile als sicher an, denn der Arzt hatte es mehrfach wiederholt und auch die Polizei zweifelte seinen Schilderungen zufolge nicht daran, dann war es ja vielleicht möglich, dass ich eben mit Mashas Cousine unterwegs gewesen war. Ich versuchte mich zu erinnern. Manchmal genügt ein Hinweis, und das Gehirn rekonstruiert um diesen Hinweis oder diesen Anhaltspunkt herum einen kompletten Vorgang. Ich dachte, dass mir Masha weiterhelfen könnte. Wenn sie sagte, worüber wir gesprochen hatten, dann wäre das vielleicht ein weiteres Teil im Puzzle. Mashas Nummer kannte ich nicht auswendig. Dafür sahen wir einander zu selten. Die Nummer war auf meinem Handy gespeichert. Ich wusste nicht, ob es mit ins Krankenhaus gekommen oder unterwegs verloren gegangen war. Ich könnte die Schwester nach dem Handy fragen. Wahrscheinlich hatten sie im Krankenhaus aber Wichtigeres zu tun gehabt, als sich um mein Mobiltelefon zu kümmern. Wenn ich so lange im Koma gelegen hatte, hätte ich eh nicht telefonieren können. Dann wäre da auch noch das Problem mit dem Entsperrcode. Ich verfolgte den Gedanken nicht weiter. Eine andere Möglichkeit war, dass das Hotel etwas wüsste. Wir hatten uns dort getroffen. Vielleicht könnte der Rezeptionist Auskunft darüber geben, wer mich da besucht hatte, abgesehen von Vlada, mit der ich einige Zeit auf dem Zimmer verbracht hatte. Das wusste ich noch genau und fragte mich natürlich, warum statt der vergessenen oder gelöschten Gedächtnisinhalte nicht diese Episode aus meinem Gedächtnis hatte verschwinden können … Meine Gedanken drehten sich im Kreis. Ohne einen weiteren Anhaltspunkt konnte ich zwar Theorien aufstellen, aber sie nicht wirklich überprüfen. Je nachdem, was ich annahm, war dies oder jenes möglich, aber auch unmöglich, wenn ich die Annahmen veränderte. Ich musste abwarten.

Am nächsten Morgen besuchte mich wieder Dr. Pawlitschenko. Er sagte, er freue sich, dass sich mein Zustand von Tag zu Tag bessere. Das betreffe die physische und psychische Verfassung. Das sei nicht selbstverständlich. Manchmal blieben Einschränkungen, vor allem bei Patienten, die so lange im Koma lägen. Aber dass ich Englisch spräche und seins verstünde und sogar noch ein paar russische Vokabeln und den schwierigen Genitiv anwenden könne, zeige ihm doch, dass ich auf einem guten, einem sehr guten Weg sei.

Er wolle mich noch zwei, vielleicht drei Wochen im Krankenhaus behalten. Wir könnten in dieser Zeit auch die Heimreise organisieren. Zusätzlich zu der Hirnverletzung hätte ich mir bei dem Sturz eine Rippenverletzung zugezogen. Sie hätten mich geröntgt. Ich hätte ein wenig geröchelt. Eine Rippe sei gebrochen gewesen und habe sich ein Stück weit in die Lunge gebohrt. Deshalb wäre ein Transport nach Deutschland selbst dann nicht möglich gewesen, wenn die Hirnverletzung weniger problematisch ausgefallen wäre. Der Rippenbruch sei aber während des Komas wunderbar geheilt. Die Lunge sei sozusagen schon jetzt wieder flugtauglich.

Was meinen partiellen Gedächtnisverlust angehe, fuhr Pawlitschenko fort, könne vielleicht die Rekonstruktion des Unfalls helfen, einige Passagen und Gedächtnisinhalte wiederherzustellen. Insofern sei es aus seiner Sicht sinnvoll, mit der Polizei den Unfall zu rekonstruieren. Das sei für beide Seiten, mich und die Kriminalpolizei, von Vorteil. Er wolle dem Ganzen jetzt nicht zu sehr vorgreifen, aber so viel könne er sagen: Mein Fahrradunfall habe sich wohl zeitlich synchron zu einem Mord am Rande einer Demonstration in der Zankovetskoistraße ereignet. Eine strenge Kausalität sei aber nicht anzunehmen. Alles andere werde dann der Kommissar erklären, möglicherweise schon am nächsten Tag oder vielleicht besser erst übermorgen. Der Kommissar käme hier ins Krankenhaus, der Raum sei ja groß genug. Davon abgesehen drehe sich im Polizeipräsidium derzeit alles um die Kundgebungen auf dem Maidan. Da sei die Polizei wahrscheinlich froh, hier ein ruhiges Gespräch führen zu dürfen.

Am Vormittag und auch am Nachmittag besuchte mich der Physiotherapeut. Er heiße Michail und habe mich schon die letzten Wochen täglich aufgesucht. Da

hätte ich noch im künstlichen Koma gelegen, was zwar
für das Gehirn gut gewesen sei, aber die Muskeln hätten
sich doch massiv abgebaut. Um eine völlige Degenera-
tion der Muskeln und andere Komplikationen zu verhindern, habe er vormittags und nachmittags jeweils ein
wenig mit mir geturnt. Geturnt, grinste er, sei vielleicht
etwas übertrieben, aber er habe die Beine angewinkelt
und wieder gestreckt und mit den Armen das Gleiche.
Und seitdem ich die Augen geöffnet hätte, hätten sie
auch das Kopfteil des Bettes gelegentlich hochgefahren
und meinen aufgerichteten Oberkörper dort angelehnt.
Das hätten sie aber nur gemacht, wenn sie zu zweit gewesen seien, damit sie mich im Notfall, also wenn ich
schlappgemacht hätte, hätten halten können. Ich hätte
von Tag zu Tag länger durchgehalten. Deshalb müssten
wir ja jetzt auch nicht bei null anfangen. Am Nachmittag machten wir einen kleinen Ausflug auf den Flur der
Station. Ich hakte mich bei Michail ein.

Am Abend schaute Dr. Pawlitschenko noch einmal
bei mir vorbei und fragte, wie ich mich fühlte. Sehe er
ja, sagte ich, noch ein wenig wackelig auf den Beinen.
Aber sprechen könne ich schon wieder. Ich erzählte, dass
ich mit Michail einen Ausflug auf den Flur der Station
gemacht hatte. Das sei gut, trotzdem solle ich aber auch
während der kommenden Tage immer einen Pfleger bei
meinen Exkursionen dabeihaben, der mich bei Bedarf
stützen könne. Nachdem ich jetzt halbwegs gesund aus
meinem Koma erwacht sei, solle ich in meiner Rehabi-
litationsphase nicht zu sehr auf Risiko gehen, bat mich
Dr. Pawlitschenko.

Ich hatte jetzt mehr als zwei Monate keine Nachrichten gehört oder gesehen. Ärzte und Pfleger hatten sich erfolgreich darum bemüht, meinem Gehirn eine Reizüberflutung durch zu viel und nicht notwendige Information zu ersparen. Unter normalen Umständen ist es mir ein Bedürfnis, mich nach einem längeren Urlaub oder einer längeren Abwesenheit von zu Hause über die aktuellen Ereignisse zu informieren. Das Bedürfnis ist bei mir wahrscheinlich in der Zeit entstanden, als es noch kein Internet gab. Jetzt waren zehn Wochen vergangen, die eigene Wohnung in Frankfurt hätte abgebrannt oder ausgeraubt sein können, der Job gekündigt, die Demokratie abgeschafft, es war mir egal. Ich war ganz mit mir selbst beschäftigt und mit meiner jüngeren Vergangenheit, die weitgehend in Nebel gehüllt war. Dr. Pawlitschenko hatte von einem Mord und einer Demonstration und von politischen Kundgebungen erzählt. Ich konnte die Dinge aber nicht zusammenbringen. Wie auch? Wusste ich doch nicht einmal, warum genau ich hier im Krankenhaus lag und wie es im Einzelnen zu meinem Fahrradunfall gekommen war. Ich wollte am nächsten Tag entweder Dr. Pawlitschenko fragen oder Michail. Es brauchte einige Zeit, bis ich eingeschlafen war.

Als Michail am nächsten Vormittag zu unserer »Turnstunde« kam, fragte ich ihn. Michael konnte ganz gut Englisch. Als Physiotherapeut hatte er wiederholt in Großbritannien gearbeitet, aber nach Ablauf des Visums regelmäßig wieder in die Ukraine zurückkehren müssen. Von dem Mord habe er gehört. Der Mord habe sich wohl am Rande einer Demonstration vor dem Club Pomada ereignet. Das sei ein Club für Lesben und Schwule gewesen, der im Sommer geschlossen worden sei, aus welchen Gründen auch immer. In der Szene sei die Location seines Wissens ziemlich angesagt gewesen. Und dann hätten sich eben einige Freunde des Clubs an dem Tag, an dem ich in Kiew gewesen sei und meine Radtour gemacht hätte, in der Straße vor dem Club zusammengefunden, um für die Wiedereröffnung zu demonstrieren. Irgendwer sei erschossen worden, und ich sei möglicherweise von einem Auto angefahren worden. Ob die beiden Ereignisse nun etwas miteinander zu tun hätten, wisse er nicht. Das solle die Polizei herausfinden. Vielleicht stünden die Ereignisse einfach beziehungslos nebeneinander. Er wolle jetzt keine Theorie entwickeln. Er habe ja auch alles nur so im Vorbeigehen gehört.

Zu den Geschehnissen auf dem Maidan könne er besser Auskunft geben. Freunde von ihm demonstrierten da, und er habe schon öfter vorbeigeschaut. Am Anfang sei alles sehr friedlich gewesen. Aber jetzt komme es öfter zu Rangeleien zwischen den Demonstranten und der Polizei. Manchmal sei medizinische Hilfe notwendig. Er sei zwar von seiner Ausbildung her Physiotherapeut, habe aber schon einmal in einem Krankenhaus als Pfleger gearbeitet. Wenn Polizisten im Einsatz verletzt würden, stehe ihnen sofort der medizinische Dienst zur Verfügung. Bei den Demonstranten sei das anders. Die würden zwar nicht gegen den Staat demonstrieren, aber für eine andere Politik, eine Politik, die der von Janukowitsch verfolgten ablehnend gegenüberstehe. Wenn diese Demonstranten jetzt in ein staatliches Krankenhaus gingen, würden sie dort unter Umständen nicht versorgt. Der Arzt im staatlichen Krankenhaus bekomme ja sein Geld vom Präsidenten, also nicht direkt, aber ich verstünde doch, was er meine? Janukowitsch habe das Assoziierungsabkommen zwischen der EU und der Ukraine auf Druck von Moskau nicht unterzeichnet. Die Demonstranten seien alle sehr proeuropäisch eingestellt und hätten – aus seiner Sicht – berechtigte Sorgen, dass der Präsident sein Land wieder an Russland anschließen wolle. Dann wäre es mit Freiheit und Demokratie in der Ukraine vorbei. Er, Michail, sei jetzt kein Philosoph oder Dialektiker, auch kein Pedant. Genau genommen gebe es allerdings zum gegenwärtigen Zeitpunkt gar keine Demokratie und Freiheit in der Ukraine, jedenfalls nicht so wie beispielsweise in Deutschland oder Frankreich. Es sei aber der Wunsch bei den Menschen vorhanden, dass sich die Ukraine zu einem demokratischen Staat entwickelt, in dem es Meinungsfreiheit gebe, freie Wahlen und etwas mehr Wohlstand. Im Augenblick seien die Vermögen vor allem unter den Oligarchen aufgeteilt, der Durchschnittsbürger müsse sehen, wie er über die Runden komme. Und das werde eben unter Janukowitsch auch so bleiben, notfalls wolle der Präsident den Status quo auch mit Schlagstöcken und Gewehren verteidigen. Das zeichne sich jetzt schon ab.

Michail sagte, dass er von Politik wenig Ahnung habe. Er sei selbst nicht politisch organisiert. Je nachdem, welche Zeitung man lese, könne man dies oder jenes glauben oder eben das Gegenteil davon. Er kaufe jetzt immer zwei Zeitungen, eine, die von der Regierung finanziert werde, und eine, die ein Oligarch unterstütze und der Opposition nahestehe. Am Ende sei es aber doch schwierig, sich zu entscheiden. Aber er wolle auf keinen Fall zurück an die Seite beziehungsweise an die Kette Moskaus. Der Ukraine gehe es ökonomisch schlechter als Russland, was auch an den fehlenden Energierohstoffen liege, die Kontrolle des Staates sei aber doch nicht so stark ausgeprägt wie beim großen Nachbarn. Julia Timoschenko sitze zwar im Gefängnis und die Gründe für ihre Inhaftierung seien höchst fragwürdig, im Allgemeinen könne man aber in der Ukraine eben sagen, dass man anderer Meinung sei als der Präsident und der Präsident korrupt sei. Timoschenko sei dem Präsidenten aber zu mächtig und gefährlich geworden. Sie sei mit allen Wassern gewaschen. Und deshalb habe der Präsident sie wegschließen lassen.

Die Zeitungen von Janukowitsch schrieben, dass das Assoziierungsabkommen mit der EU die Ukraine ökonomisch ruiniere, also noch mehr als die aktuelle Politik, denn dem Land gehe es ja schon schlecht, ergänzte Michail, und dass das Abkommen vor allem für die EU vorteilhaft und finanziell lohnend sei. Die Argumente seien wohl auch nicht ganz unwahr. Vielleicht hätte die EU mehr Zugeständnisse machen sollen. Für die Ukraine habe sich im Westen lange Zeit keiner interessiert. Nach dem Zusammenbruch der Sowjetunion habe doch Helmut Kohl die Wiedervereinigung herbeigeführt. Irgendwer Wichtiges habe einmal gesagt, Kohl habe ein historisches Zeitfenster genutzt. Mit Putin hätte es jedenfalls keine deutsche Wiedervereinigung gegeben, das sollten sich mal die Leute in Deutschland merken, die behaupteten, die Wiedervereinigung wäre früher oder später sowieso gekommen. Das sei auch seine Meinung, bekräftigte Michail. Aus seiner Sicht habe man die EU-Erweiterung um die osteuropäischen Staaten durchgeführt und sich um die Ukraine und ihren Status naiverweise keine oder jedenfalls zu wenig Gedanken gemacht, sowohl in Berlin als auch in Brüssel. Vielleicht hätte man einen Status finden können wie für Österreich nach dem Zweiten Weltkrieg. Er wolle jetzt auch keinen Unsinn reden. Von Österreich wisse er doch herzlich wenig, außer dass da die Alpen stünden und Hitler da geboren worden sei. Janukowitsch verhandele jetzt mit Russland über billigere Gaslieferungen. Vielleicht müsste man für die Ukraine eine Sandwichposition anstreben. Jetzt habe er aber zu viel gequatscht von Dingen, die mich womöglich gar nicht interessierten. Wir müssten mit dem Bewegungsprogramm beginnen. Na ja, er habe gerade Pawlitschenko auf dem Gang gesehen. Der habe gesagt, dass der Kommissar erst morgen komme, die Vorgänge auf dem Maidan nähmen ihn wohl sehr in Beschlag.

Am nächsten Morgen kam Dr. Pawlitschenko in Begleitung des Kommissars. Der Kommissar hatte noch seine Pelzmütze auf und trug einen dicken Filzmantel. Es schien draußen schon mächtig kalt geworden zu sein. Jetzt in der zweiten Dezemberhälfte stieg das Thermometer selbst tagsüber nicht über null Grad.

Der Kommissar stellte sich vor und sagte, dass er bedauerlicherweise kein oder nur wenig Englisch spreche, dass deshalb immer der Herr Doktor übersetzen müsse. Aber er freue sich, dass ich über einen ordentlichen Wortschatz im Russischen verfügte und dass ich mich bereit erklärt hätte, bei der Aufklärung meines Unfalls mitzuhelfen. Ich hätte ja bestimmt gehört, dass es in unmittelbarer Nähe zum Unfallort einen Mordanschlag gegeben habe. So, alles Weitere müsse Dr. Pawlitschenko übersetzen.

Dr. Pawlitschenko übersetzte, der Kommissar wolle mir zunächst erklären, was vorgefallen sei, was die Polizei herausgefunden habe, was sicher und was nur eine Hypothese sei. An den Folgetagen wolle der Kommissar dann Zeugenbefragungen vornehmen und dann versuchen, mit allen gemeinsam den Unfallhergang zu rekonstruieren. Es stehe nämlich der Verdacht im Raum, dass mich ein Kraftfahrzeug von Mitgliedern des Rechten Sektors, die man für den Mord verantwortlich mache, bei deren Flucht angefahren habe. Glücklicherweise sei ich ja jetzt aus dem Koma erwacht, und es sehe so aus, als ob ich wieder gesund würde. Zeitweise sei es dennoch durchaus wahrscheinlicher gewesen, dass ich verstürbe, als dass ich überlebte. Damit, also mit meiner Genesung, entfalle allerdings logischerweise der Vorwurf, dass ich neben der ermordeten Person die zweite getötete Person wäre. Das sei jetzt juristische Fachsimpelei. Der Kommissar hoffe natürlich, dass ich wieder voll gesund würde. Es bleibe dann noch der Vorwurf der schweren Körperverletzung gegenüber den Angeklagten.

Ach ja, bei der ermordeten Person handele es sich auch um einen Deutschen, der sei wohl in der Homosexuellenbewegung aktiv und fahre, das hätten ihm die Kollegen gesagt, öfter nach Osteuropa, um dort mit den lokalen Organisationen für die Rechte von Schwulen zu demonstrieren. Dafür hätten ihn in Moskau tatsächlich schon einmal die Polizisten verprügelt und einen Tag in Arrest genommen. Im Fernsehen sei er anfangs immer mit einer Regenbogenfahne zu sehen gewesen, jetzt wisse die Polizei von Warschau bis Moskau auch ohne Fahne, dass der Herr für die Opposition im Deutschen Bundestag sitze. Der Kommissar habe seinen Satz über den Bundestagsabgeordneten noch einmal korrigiert, sagte Pawlitschenko, und ergänzt, dass der Ermordete ja jetzt nicht mehr ins Ausland fahren könne.

Und dann wolle der Kommissar noch etwas ganz Wichtiges loswerden, von dem er, der Kommissar, nicht wisse, ob man es mir schon gesagt habe, sagte Dr. Pawlitschenko, nämlich, dass sich die polizeilichen Ermittlungen anfangs nicht weniger auch auf meine Person erstreckt hätten. Das habe vor allem daran gelegen, dass ich ja zum Zeitpunkt des Attentates und vor allem die Zeit danach am Schauplatz des Geschehens gewesen sei, die mutmaßlich echten Attentäter habe die Polizei aber nicht mehr gesehen. Diese seien ja rechtzeitig geflohen, vermutlich mit dem LKW, der mich angefahren habe, der aber in der ersten Theorie auch nicht vorgekommen sei. Diese erste sei eine ziemlich einfache Theorie gewesen. Ich, dabei streckte Dr. Pawlitschenko erklärend und halb entschuldigend beide Hände mit den Handflächen nach oben in meine Richtung, hätte dieser Theorie ja auch nicht widersprechen können, weil ich im Koma gelegen hätte. Irgendwer habe möglicherweise ein Interesse gehabt, die wahren Attentäter aus dem Dunstkreis des Rechten Sektors zu schützen. Vielleicht, so hätten es die Fürsprecher dieser Theorie vorgebracht, hätte ich ja meinerseits eine Rechnung mit dem Ermordeten offen gehabt, ein persönlicher Racheakt, also gar nichts Politisches. Immerhin käme ich wie der Ermordete aus Deutschland, und es sei in der Ukraine leichter, eine missliebige Person umzubringen, als in meiner Heimat. Die Verhältnisse in der Ukraine seien verworrener und unübersichtlicher als in der Bundesrepublik. Viele Fälle würden einfach nicht aufgeklärt. Der Kommissar, sagte Pawlitschenko, habe zunächst eine gewisse Sympathie für diese Theorie gehegt, letztendlich habe ihm aber seine Frau gesagt, dass er dann nicht besser sei als das korrupte Staatswesen in der Ukraine und dessen Vertreter. Er müsse den Fall aufklären, es könne doch nicht sein, dass er dem Fall nur deshalb keine hohe Priorität schenke, weil eben ein Homosexueller umgebracht worden sei. Er solle doch mal an seinen Neffen in der Bukowina denken, das sei der, der so lecker kochen könne, der sich mit seinem Freund immer heimlich treffen müsse, weil beider sexuelle Orientierung eben nicht dem Ideal der orthodoxen Kirche entspreche. Wenn nun der Neffe aus politischen Motiven umgebracht würde, was Gott verhindern möge, würde er, der Kommissar, doch schließlich auch wollen, dass der Fall aufgeklärt wird. Da nun seine Frau besser argumentieren könne, aber vielleicht auch mehr Anstand habe als er, habe der Kommissar zugeben müssen, habe er die Theorie, dass der Ermordete aus privaten Rachemotiven umgebracht worden sei, doch noch einmal auf ihre Plausibilität hin untersucht und weitere Nachforschungen angestellt. Der Kommissar habe im Internet recherchiert, was über mich zu finden sei, und sich meine persönliche Einreisehistorie in die Ukraine zukommen lassen. Außerdem habe er in Jalta angerufen. Danach sei er zu dem Schluss gekommen, dass die Theorie, ich hätte mit der Ermordung etwas zu tun, absurd sei, und habe diese dann verworfen.

Der Kommissar habe gesagt, sagte Pawlitschenko, er, der Kommissar, wolle morgen zwei oder drei Zeugen mitbringen. Der Raum sei ja groß genug. Wir seien also höchstens zu sechst. Er, Pawlitschenko, wäre vermutlich ebenso dabei, weil er übersetzen müsse. Er halte sich jedenfalls bereit.

Der Besuch des Kommissars hatte den ganzen Morgen gedauert. Dadurch, dass Dr. Pawlitschenko alles übersetzen musste und auch stets deutlich gemacht hatte, was des Kommissars Meinung war, was die Meinung seiner Frau war, was seine, also Pawlitschenkos eigene Meinung war, war jede Aussage bei deren Wiedergabe fürchterlich in die Länge gezogen worden. Einige Male hatte Dr. Pawlitschenko sich rückversichert, um bloß nichts Falsches zu übersetzen. Er hatte ja, das war meine Meinung, zu allem auch seine eigenen Gedanken und wollte durch eine unvorsichtige Äußerung zu Gunsten oder zu Lasten der einen oder anderen Seite sich nicht unnötig in die Schusslinie bringen. Draußen auf dem Maidan waren noch keine Schüsse gefallen, aber es war wie ein Lauffeuer durch die Stadt gegangen, da hatten die Zeitungen ihre Redaktionssitzungen noch nicht abgehalten, dass am Abend zuvor eine Oppositionspolitikerin auf offener Straße gelyncht worden war. Sie habe die Maidan-Bewegung unterstützt und schon einige Male vor dem Präsidentenpalast gegen die kriminellen Machenschaften Janukowitschs demonstriert, erzählte mir später Michail, der an diesem Tag wegen des Besuchs des Kommissars erst am frühen Nachmittag zu mir kam. Das gefalle ihm gar nicht, sagte Michail, dass unsere Bewegungsübungen unter der Befragung litten, denn die Physiotherapie sei enorm wichtig, damit ich richtig auf die Beine käme.

Den Abend des Vortages sei er fast bis um Mitternacht wieder auf dem Maidan gewesen. Dort hätten sie jetzt vier Erste-Hilfe-Zelte eingerichtet, an jeder Seite eines. Die Spezialeinheiten des Innenministeriums hätten angefangen, mit Bulldozern die von den Demonstranten aufgebauten Barrikaden zusammenzuschieben. Glücklicherweise sei keiner verletzt worden. Das liege wahrscheinlich auch daran, dass Kamerateams aus der ganzen Welt, na ja, womöglich nicht aus Russland und aus China, auf dem Maidan präsent seien. Ein Massaker wie auf dem Platz des himmlischen Friedens wolle man vermutlich vermeiden und zumindest nicht gefilmt wissen. Aber abseits der Kameras, in den Seitenstraßen, in den Vororten, da schürten die Schergen der Berkut-Einheiten die Angst und hätten jetzt eine Abgeordnete der Opposition demonstrativ auf den Spitzen des Eisenzaunes vor ihrem Haus aufgehängt. Natürlich habe sich keiner der Mörder als Berkut-Mitglied zu erkennen gegeben.

Sie arbeiteten fast immer im Dunkeln der Nacht und verschwänden dann genauso schnell wieder, wie sie aus dem Nichts auftauchten.

Am nächsten Tag konnte der Kommissar nicht kommen. Die Ereignisse auf dem Maidan nahmen ihn zu sehr in Anspruch. Überall im Stadtzentrum gab es Demonstrationen und kleinere Mahnwachen, vor allem vor den Gebäuden der Regierung, dem Parlamentsgebäude, dem Präsidentensitz und der Polizeidirektion von Kiew. Die Menschen demonstrierten wegen des Einsatzes der Bulldozer auf dem Maidan und gegen die Exekutionskommandos der Berkut-Spezialeinheiten. Der Kommissar war vom Kiewer Polizeipräsidenten beauftragt worden, zu klären, wie es zu dem Einsatz der Spezial-Einheiten des Innenministeriums hatte kommen können. Es war klar, die Polizei versuchte die Demonstranten zu schikanieren. Sie kontrollierte Pässe, sie ließ Leute mit Waffen nicht passieren, aber sie bewegte sich damit auf den Grundlagen des Gesetzes. Sie schützte die staatliche Ordnung und die herrschenden Repräsentanten des Staates. Es war nicht Aufgabe der Polizei, mögliche Unrechtmäßigkeiten bei den Wahlen oder einen mutmaßlichen Amtsmissbrauch nachzuweisen. Das war Sache der Gerichte beziehungsweise wäre Sache der Gerichte gewesen. Aber die Berkut-Einheiten operierten außerhalb der verfassungsmäßigen Ordnung. Die Polizei wurde von der Bevölkerung für den Einsatz der Spezialkräfte verantwortlich gemacht, zumindest wurde gefragt, warum die Polizei die Willkür der Spezialeinheiten zugelassen hatte. Der Kommissar erwähnte später einmal, dass der

Polizeipräsident nicht für die Räumung mit den Bulldozern verantwortlich gemacht werden wollte.

Ich wartete auch am nächsten Tag vergeblich auf den Kommissar. Immerhin kam Michail am Vormittag für eine Stunde und am Nachmittag ebenso. Von ihm hörte ich, dass sich die Lage auf dem Maidan weiter zuspitzte. Die Regierung hatte wohl anfangs gehofft, die Proteste ließen sich irgendwie eindämmen. Es gebe ja auch gute Argumente für die stärkere Anlehnung an Russland, eben vor allem wirtschaftliche, sagte Michail. Russland wolle den Gaspreis wieder senken und der Ukraine zu dem alten Vorzugspreis liefern. Aber der Traum von Freiheit sei stärker. In Polen müsse, sagte Michail, auch keiner frieren. Gleichwohl hätten sich die Polen aus dem sowjetischen Würgegriff befreit. Auf dem Maidan kursierten Gerüchte, die Regierung wolle die Meinungsfreiheit durch neue Gesetze einschränken, insbesondere die Demonstrationsrechte. Bisher seien die Kundgebungen auf dem Maidan nicht verboten. Die Demonstranten nähmen ihre verfassungsrechtlich garantierten Rechte wahr. Deshalb sei es für die Regierung ja so schwer, die Leute auseinanderzutreiben. Mit den jetzt geplanten Gesetzen, sagten jedenfalls seine politisch aktiven Freunde, sei es leichter, Oppositionelle in Polizeigewahrsam zu nehmen. Die alte Zermürbungstaktik: Abseits des Platzes könne die Polizei dann vorübergehend oder für einige Tage ganze Gruppen wegsperren. Wenn Gefahr im Verzuge sei, würden einzelne unbequeme Geister möglicherweise auch liquidiert. Dem Präsidenten trauten die pro-europäischen Demonstranten nicht, allenfalls trauten sie ihm zu, dass er in kriminelle Machenschaften verstrickt sei oder sonst wie Dreck am Stecken habe.

Am nächsten Tag besuchte mich Michail und brachte einen Tannenzweig und eine rote Kerze mit. Heute sei der 24. Dezember. Hier in der Ukraine, ganz allgemein in den orthodox geprägten Ländern, feierten die Menschen Weihnachten erst am 6. Januar, aber er wisse natürlich, dass für die Deutschen heute der Heilige Abend und ein ganz wichtiger Tag sei. Anfangs hätten er und Dr. Pawlitschenko den Kommissar so verstanden, dass die Befragungen spätestens in der Woche vor dem vierten Advent hätten abgeschlossen sein sollen und ich die Heimreise hätte antreten können. Der Zeitplan sei jetzt durch die Ereignisse auf dem Maidan, insbesondere auch durch die Beauftragung des Kommissars mit der Aufklärung des Berkut-Einsatzes, vollkommen durcheinandergeraten. Er, Michail, hoffe, dass der Kommissar vielleicht am nächsten Tag mit den Zeugen vorbeikommen werde. Der 25. Dezember sei in der Ukraine ja kein Feiertag.

Michail war für mich zum Hauptansprechpartner geworden. Er berichtete während der Übungen stets aktuell von den Geschehnissen auf dem Maidan. Besser wäre ich in Deutschland auch nicht informiert worden. In der letzten Woche hatte Michail für mich sogar die aktuelle Ausgabe des »Spiegel« mitgebracht, in der über die Regierungsbildung in Deutschland berichtet wurde. Ich hätte den Inhalt des Nachrichtenmagazins gerne sofort verschlungen, sollte aber mit Rücksicht auf meinen Genesungsprozess täglich nicht mehr als eine Stunde lesen, damit die Augen und das Gehirn nicht zu sehr überanstrengt würden. Ich wählte mir die Berichterstattung über die Bildung einer erneuten Großen Koalition aus. Ich hatte in Frankfurt vor meinem Abflug nach Simferopol noch meine Stimme per Briefwahl abgegeben. Von dem Ergebnis der Bundestagswahl hatte ich dann in Jalta aus dem Internet erfahren. Ich fühlte mich auf der Krim vergleichsweise weit weg von der Politik in Deutschland. In den Vorlesungen hatte ich natürlich meine Meinung kundgetan, als ich gefragt worden war, wie es mit Deutschland weitergehen würde. Früher hatte ich mich an politischen Debatten mit mehr Leidenschaft beteiligt, im Freundeskreis und auch bei der Arbeit schon einmal die Fahne für die in meinen Augen richtige und gerechte Sache hochgehalten. Jetzt beziehungsweise im Rahmen der Vorlesungen und in der Diskussion mit den Studenten hatte ich vorsichtig alle Argumente abgewogen und dann je nach Präferenz für das eine oder andere Argument die daraus folgende Entscheidung aufgezeigt. Das war jetzt aber dem Kalender nach zu urteilen auch schon wieder drei Monate her. In den letzten Tagen hatte dann ganz eindeutig meine eigene Genesung im Vordergrund gestanden. Mit großem Interesse verfolgte ich die Entwicklungen in Kiew. Ich konnte sie wohl genauso wenig beeinflussen wie die in Deutschland. Man bildet sich trotzdem manchmal ein, dass man Teil der Bewegung ist, und verwechselt das mit der Tatsache, dass man gut informiert ist und die Zusammenhänge annähernd versteht.

Am späten Vormittag des nächsten Tages kam Michail. Er habe den Kommissar draußen schon herumlaufen sehen. Dieser habe gesagt, dass er noch auf einen Zeugen warte. Er, Michail, habe dem Kommissar gesagt, dass dann erst mal die physiotherapeutische Anwendung Vorrang habe. Wenn der Kommissar alle Zeugen zusammenhabe, könnte er ja in einer halben Stunde kommen, am besten aber erst in 60 Minuten. Dann wäre er mit seiner Physiotherapie für den Vormittag durch. Michail sagte, die Protestierenden hätten Sorge, dass der Präsident und seine Spezialeinheiten die Weihnachtszeit, Michail meinte das Weihnachtsfest nach dem neuen gregorianischen Kalender, wie er in Rom und bei den Protestanten gilt, nutzen könnten, um gegen die Menschen auf dem Maidan etwas robuster vorzugehen. Der Westen sei während der Feiertage gewöhnlich mit sich selbst beschäftigt. Korrespondenten und Journalisten, die sonst aus dem Ausland berichteten, säßen dann unter dem eigenen Weihnachtsbaum. Nur Katastrophen von sehr großem Ausmaß schafften es in dieser Zeit in die westlichen Fernsehnachrichten. Das machten sich die Potentaten der Welt gelegentlich zunutze.

Michail und ich waren mit den Übungen gerade fertig geworden, als der Kommissar eintrat. Er hatte drei Leute mitgebracht: zwei ältere Damen und einen jüngeren Herrn, der die dreißig wohl noch nicht überschritten hatte. Der Kommissar stellte mir die drei kurz vor. Die Damen, sagte der Kommissar, wohnten in der Zankovetskoistraße. Dann korrigierte er sich schnell und sagte, dass nur eine von ihnen dort wohne, die andere aber zum Zeitpunkt der Demonstration und natürlich zum Zeitpunkt meines Unfalles dort zu Besuch gewesen sei.

Der junge Herr sei seiner Kenntnis nach bei der Demonstration dabei gewesen, was dieser jedoch vehement bestritten habe. Auf jeden Fall habe die Polizei ihn im Nachgang und nach ihrem Eintreffen am Unfallort, in dessen Umgebung ja der Mord stattgefunden hatte, dort gesehen und seine Personalien aufgenommen. Deshalb stehe er als Zeuge jetzt auch zur Verfügung und wolle nun nolens volens mithelfen, den Sachverhalt aufzuklären. Man müsse noch auf Dr. Pawlitschenko warten, der übersetzen solle. Er, der Kommissar, wolle, soweit es möglich sei, auf meinen Gesundheitszustand Rücksicht nehmen. Wann immer ich eine Pause bräuchte, solle ich das ihm oder dem Arzt sagen. Der Kommissar sagte, er habe Dr. Pawlitschenko versprochen, mit der Befragung erst in dessen Beisein zu beginnen. Das empfehle sich wahrscheinlich auch deshalb, weil wir sonst alles noch einmal wiederholen müssten, wenn der Herr Doktor komme. Da sei es doch besser, alle, die drei Zeugen, Dr. Pawlitschenko, mich und sich, den Kommissar, von Anfang an mitzunehmen.

Die beiden Damen vermutete ich im Rentenalter, das in der Ukraine damals noch bei 60 Jahren begann. Die mit den grauen Haaren, die offensichtlich frisch zu einer Dauerwelle gelegt waren, war etwas kräftiger, vielleicht ein bisschen mehr als eins sechzig oder eins zweiundsechzig groß. Mit den Absätzen erschien sie etwas größer. Die Absätze verschlankten ein wenig ihre rundlichen Hüften, nicht wirklich, aber das war der Eindruck, der bei mir entstand, so gut ich das aus meiner halb liegenden Position überhaupt beurteilen konnte. Nicht dass ein falsches Bild entsteht, die Grauhaarige war nicht dick, aber man sah eben, dass die Hüftknochen gut gepolstert waren. Von dem knielangen Rock der Konfektionsgröße 40, der etwas höher gezogen war, wurden sie wunderbar kaschiert. Ansonsten hätte die Grauhaarige auch Konfektionsgröße 38 tragen können, aber das hätte dann vielleicht auch den Verzicht auf das eine oder andere Sahnetörtchen bedeutet. Man unterstellt den rundlichen Personen immer gleich einen übermäßigen Konsum an Ungesundem oder Leckerem. Das ist meiner Erfahrung nach nicht ganz gerecht. Die andere Dame war drahtig schlank. Vielleicht war ihr Stoffwechsel einfach anders eingestellt. Sie hatte eine Prinz-Eisenherz-Frisur. Die Haare waren schwarz. Ich vermutete, dass sie eine Perücke trug, war mir da aber nicht so sicher. Es gibt ja die verschiedensten Gründe, warum Menschen eine Perücke tragen. Manche sind krank, manche sind gesund, leiden aber an Haarausfall, was bei einer Frau meist nicht besonders gut aussieht und bei Herren eher akzeptiert ist. Andere, insbesondere Herren, wollen sich und vor allem ihren Mitmenschen auch mit 80 Jahren noch den Elan eines 20-Jährigen beweisen. Was jetzt im Einzelnen bei der Schwarzhaarigen ausschlaggebend war, wusste ich nicht. Sympathischer war mir irgendwie die Grauhaarige mit der Dauerwelle. Ihr Gesicht war ein wenig rundlich und sendete so etwas wie Gemütlichkeit aus. Die mit der schwarzen Perücke, ich unterstellte jetzt einfach, dass sie eine trug, machte mir eher einen nervösen Eindruck, ein wenig wie Kinder mit ADHS. Wahrscheinlich hatte sie kein ADHS, war jedoch eher von der unruhigen Sorte

Mensch. Das gibt es ja auch bei Hunden. Solche, die faul und gemütlich in der Ecke liegen und gelegentlich gestreichelt werden wollen, und solche, die ständig irgendwelche Löcher in den Rasen oder in die Erde graben.

Der Herr mit dem jugendlichen Gesicht, der nach den Aussagen des Kommissars vehement abgestritten hatte, irgendetwas mit der Demonstration vor dem Club Pomada zu tun gehabt zu haben, hatte so ungefähr meine Größe, war aber total schlank. Wahrscheinlich konnte er mit seinen schmalen Hüften gut Salsa tanzen. Er war in das Zimmer leicht beschwingten Schrittes hereingekommen und hatte die Hüften ein wenig tänzelnd links und rechts abwechselnd nach vorne geschoben. Ich wusste nicht, ob er sich normal bewegen konnte. Das Gesicht war schmal, die Haare waren kurz geschoren. Es schien mir so, als sei er leicht geschminkt. Ich konnte mich aber auch täuschen. Die Kosmetikindustrie der westlichen Industriestaaten hat schließlich seit geraumer Zeit den Mann als willigen Abnehmer entdeckt. Dabei geht es nicht nur darum, Falten zu kaschieren oder der aschfahlen Haut eines starken Rauchers einen gesünderen und frischeren Teint zu geben, sondern eben oft mehr darum, androgyne oder anderswie markante Gesichtszüge zu unterstreichen und deutlicher hervorzuheben. Vielleicht hatte dem jungen Herrn auch einfach nur ein guter Freund oder seine Mutter gesagt, dass er im Gesicht fahl aussehe und die ungesunde Blässe am besten mit ein wenig Kosmetik überdecken sollte. Na ja, ich wusste es nicht. Das sollte aber auch nicht mein Problem sein. Normalerweise schaue ich mir die Menschen nicht so genau an. Bei Frauen kann ich mich beispielsweise in die Grübchen oder in die Augen verlieben, auch in die wollüstigen Lippen. Dabei vergesse ich dann manchmal, wie der Rest des Gesichtes aussieht. Natürlich erkenne ich die Menschen wieder, aber latent ist immer die Sorge vorhanden, die Frau nicht gleich wiederzuerkennen, weil in meinem Kopf nur die Lippen abgespeichert sind.

Die drei Zeugen, die der Kommissar mitgebracht hatte, waren, abgesehen von ihm selbst, Michail, der Schwester und Dr. Pawlitschenko, die ersten Personen, die ich seit meinem Aufwachen aus dem Koma für längere Zeit betrachten konnte. Ich hatte auch sonst nichts anderes zu tun. Im Wesentlichen lag ich ja nur. Meine Gedanken kreisten. Wenn sich die Leistungsfähigkeit meines Gehirns auch sukzessive wieder verbesserte, wenn ich den Aussagen Dr. Pawlitschenkos Glauben schenken durfte, so stellte sich doch zeitweise ein leicht dusiges Gefühl bei mir in der Gehirngegend ein.

Als Dr. Pawlitschenko eingetreten war und ihn der Kommissar begrüßt hatte, erklärte der Kommissar kurz das Prozedere der Befragung, wie er es geplant hatte. Der Kommissar wollte eine Frage stellen, dann sollte Pawlitschenko übersetzen, damit ich das auch verstehen würde, dann sollte geantwortet werden und Pawlitschenko wieder übersetzen. Er, der Kommissar, wolle vermeiden, dass irgendeine Behauptung, gerade wenn sie falsch sei, nachher im Raum stehe, weil einer der Beteiligten sie nicht verstanden und nicht widersprochen habe. Alles, was gesagt werde, solle nach Möglichkeit von allen Seiten verstanden und bestätigt oder im Zweifel verworfen werden. Ihm sei bewusst, dass das von allen ein Höchstmaß an Konzentration erfordere, aber er sei hier, um die Wahrheit und den tatsächlichen Unfallhergang zu rekonstruieren und gegebenenfalls eben noch weitere Details zum Mord zu erfahren. Das sei er sich, der Ukraine und seiner Frau schuldig. Dann holte der Kommissar noch einmal tief Luft, räusperte sich kurz und ergänzte dann, er sei das nicht nur seiner Frau schuldig, sondern auch seinem Neffen in der Bukowina, der eben nicht die sexuelle Orientierung mitbekommen habe, die dem traditionellen Rollenbild der Kirche entspreche. Aber auch sein Neffe sei eben ein Geschöpf Gottes, ja er wolle jetzt nicht lange drum herumreden, aber wenn Gott gewollt hätte, dass sein Neffe eine Frau liebt, dann hätte er, also Gott, sich ja anders entschieden. Die sexuelle Orientierung sei nun einmal so, wie sie sei. Das sei Gottes Wille, und das sei gut so. Was er sagen wolle, sagte der Kommissar, sei, dass in dieser Runde alle Meinungen und Aussagen gleich behandelt würden, unabhängig von der sexuellen Orientierung derjenigen, die sie äußerten. Er wolle nun mit der Befragung der beiden Damen beginnen. Er wendete sich zunächst an Frau Kusmenko, die mit dem grauen Haar und der gut sitzenden Dauerwelle.

Frau Kusmenko sagte, das sei zwar bekannt, aber sie wolle es trotzdem sagen, weil sie ja nicht wisse, ob alle den gleichen Wissensstand hätten, ihr gehöre die Wohnung im zweiten Stockwerk in der Zankovetskoistraße Nr. 16. Sie liege schräg gegenüber dem Club Pomada, also dem ehemaligen Club Pomada. Der Club sei ja jetzt geschlossen. Soweit sie wisse, sei der Club ein Treffpunkt für Schwule und Lesben gewesen. Nicht dass sie dort erkennbar gleichgeschlechtliche Paare habe hineingehen sehen, aber die Leute hätten doch ein wenig so ausgesehen, wie sie sich das vorstelle. Sie selber sei da ja noch nie drinnen gewesen. Wegen ihres Alters und weil sie ja doch nicht mit einer Frau tanzen wolle. Im Sommer gehe sie öfter zum Chreschtschatyk, um dort zu tanzen. Irgendwer habe ja immer ein Akkordeon mit und spiele. Gut, manchmal tanze sie auch mit einer Frau, aber eben nur deshalb, weil nicht genügend Männer tanzen wollten. Frau Kusmenko sagte, dass die Fenster von Küche und Wohnzimmer zur Straße hinausgingen. Einen Balkon habe sie nicht. Sie wolle sich wegen des fehlenden Balkons auch nicht beklagen. Aber der Umstand, dass ihre Wohnung keinen Balkon habe, führe dazu, dass sie öfter durch das Fenster im Wohnzimmer auf die Straße schaue und das Geschehen und die Leute beobachte. Wenn es das Wetter und die Temperatur erlaubten, sei das Fenster eben geöffnet und sie lehne sich dann mit ihren Ellenbogen oder auch den gesamten Unterarmen auf die Fensterbank. Zum Abpolstern und auch, weil die Fensterbank sonst zu niedrig sei, nehme sie dann meist zwei dickere Kissen, die sie auf die Fensterbank und unter ihre Arme lege. So habe sie auch an dem Tag aus dem Fenster geschaut, als unten die Demonstration stattgefunden habe. Sie und ihre Freundin Ludmilla, Frau Kusmenko meinte Frau Semenjuk, das war die Frau mit der Prinz-Eisenherz-Perücke, hätten an diesem Tag zusammen in der Küche Kaffee getrunken und seien dann, als es draußen auf der Straße ungewöhnlich laut geworden sei, an das Fenster getreten. Zunächst in der Küche, aber das sei für beide zu eng gewesen. Sie seien dann in das Wohnzimmer gegangen und hätten sich beide auf die Fensterbank gelehnt. Sie, Frau Kusmenko, habe auf der linken Seite gestanden und ihre Freundin Ludmilla auf der rechten Seite. Wegen des Denkmalschutzes habe sie zur Straße hinaus noch die alten Doppelkastenfenster mit dem Mittelsteg. Vielleicht habe sie, Frau Kusmenko, auch auf der rechten Seite gestanden und Frau Semenjuk auf der linken. Das sei ihr jetzt auch nicht mehr so hundertprozentig klar. Aber man sehe ja von beiden Fenstern beziehungsweise Fensterhälften das Gleiche.

Unten auf der Straße hätten so annähernd hundert Personen gestanden, vor allem Männer. Na ja, nicht alle hätten so richtig männlich ausgesehen, vielleicht ein wenig wie der Herr hier. Frau Kusmenko zeigte auf den jüngeren Mann. Der Kommissar sagte, der jüngere Herr heiße Fedorowytsch, Dmytro Fedorowytsch. Es sei doch höflicher, wenn sich alle mit dem Namen anredeten. Es sei ja noch nicht abzusehen, wie lange man benötigen werde, um den Unfall und den Mord zu rekonstruieren. Wenn nun sie, Frau Kusmenko, direkt Herrn Fedorowytsch anspreche, müsse er, der Kommissar, auch nicht jedes Mal nachfragen, welcher Herr denn nun gemeint sei. Die Folge sei doch, das könnte zumindest sein, dass auch Herr Fedorowytsch immer nur von der Dame hier und der Dame dort sprechen würde. Dann müsste er, der Kommissar, ständig nachfragen, ob Fedorowytsch nun die Dame hier mit den grauen Haaren oder die andere dort mit den schwarzen meinte. Wenn die beiden Damen zudem weiterhin im Raum hin und her liefen, sie, Frau Kusmenko, und sie, Frau Semenjuk, dann käme wahrscheinlich auch er selbst mit der Zeit durcheinander. Falls er es noch nicht gesagt habe, sagte der Kommissar, er heiße Mitropolski.

Frau Kusmenko erklärte noch ein weiteres Mal, dass die Menschen unten auf der Straße oder zumindest einige von ihnen so ausgesehen hätten wie Herr Fedorowytsch. Das habe sie ja schon gesagt. Die hätten eben unten gestanden. Einige hätten Plakate hochgehalten. Einer habe eine Regenbogenfahne geschwenkt, jedenfalls am Anfang. Dann habe es ja einen Knall gegeben, vermutlich einen Schuss. Die Fahne sei dann nicht mehr zu sehen gewesen. Sie, Kusmenko, und auch ihre Freundin Ludmilla hätten erst einmal versucht zu sehen, wo der Schuss hergekommen sei, hätten nach links und rechts geschaut. Aber sie hätten nichts gesehen. In Kriminalfilmen sei das ja auch so, dass der Attentäter sich irgendwo verstecke, den Schuss abfeuere und dann sein Gewehr wieder einpacke, womöglich in eine Kiste, die meistens so aussehe wie ein Klarinettenkasten. Sie hätten aber keinen Klarinettenkasten entdecken können. Allerdings hätten sie einen Motor aufheulen gehört, so wie wenn man im ersten Gang bis dreißig beschleunige. Dann hätten sie nach rechts geschaut, wo das Geräusch hergekommen sei, hätten aber erst mal nur die beiden Radfahrer gesehen. Eine junge Dame mit kurzem Rock und Pumps und in einigem Abstand dazu einen Herrn mit wenig Haaren auf dem Kopf. Dann hätten sie den LKW gesehen, eine Art Militärtransporter mit Ladefläche. Der Transporter sei wohl in der Seitenstraße geparkt gewesen. Sie hätten sich Sorgen um die hübsche junge Frau gemacht, dass sie von dem LKW erfasst würde. Das sei dann aber wohl nicht geschehen. Stattdessen sei der Herr mit den wenigen Haaren auf dem Kopf sozusagen blind und geradezu auf den LKW zugesteuert und letztendlich von dem LKW erfasst worden, weil der Wagen beim Abbiegen hinten ausgeschwenkt sei. Der Herr sei dann einige Meter durch die Luft geschleudert worden.

Der Kommissar unterbrach und fragte, ob es sich bei dem Herrn, den Frau Kusmenko auf dem Fahrrad gesehen habe und der von dem LKW angefahren worden sei, um mich handele, und zeigte dann auf mich. Das könne sie, meinte Frau Kusmenko, nicht mit Gewissheit sagen. Alles sei sehr schnell gegangen. Sie müsse sich meinen Kopf ansehen.

Nachdem Frau Kusmenko meinen Kopf von der Oberseite her betrachtet hatte, stellte sie fest, dass darauf ähnlich wenig Haare vorhanden seien wie auf dem Kopf, den sie vom Fenster aus gesehen habe. Aber an Details könne sie sich wirklich nicht erinnern, insbesondere sei es doch schwierig, keine Haare einer bestimmten Person zuzuordnen. Leichter sei es doch, rote lockige Haare jemand zuzuordnen oder schwarze lange Haare. Sie sei ja jetzt in einem Alter, in dem ihre männlichen Freunde auch zunehmend lichteres Haar bekämen. Natürlich könne sie die alle unterscheiden, weil die Gesichter alle verschieden aussähen. Auch die Glatzen könne sie unterscheiden, weil der eine einen glatten Kopf habe, der andere habe eine Kopfhaut, die sehe so aus, als ob man darauf mit einem Messer eingestochen hätte. Aber da habe sie in der Eile nicht drauf geachtet. Wenn sie gewusst hätte, was passieren würde, hätte sie sich alle Personen genauer angesehen. Dann hätte sie mich, Frau Kusmenko zeigte jetzt etwas mitleidig und betroffen zu mir herüber, auf jeden Fall vor dem LKW gewarnt.

Herr Mitropolski, der Kommissar, bedankte sich bei Frau Kusmenko für ihre Ausführungen und bei Dr. Pawlitschenko für seine Übersetzung. Das sei ja fast schon die Rekonstruktion des Unfallherganges. Es wäre wahrscheinlich gut gewesen, wenn die Befragung eher stattgefunden hätte. Bekannterweise habe es aber doch auch knallharte Fakten gegeben, die einer früheren Vernehmung entgegengestanden hätten. Er wandte sich dann zu mir herüber und sagte, er sei froh, dass ich wieder bei vollem Bewusstsein sei. An der körperlichen Fitness könne und müsse ich wohl noch arbeiten. Möglicherweise könne die Rekonstruktion des Unfallherganges mir helfen, die Lücken in meiner Erinnerung zu schließen. Vielleicht könne ich mich an die Dame oder die Radtour erinnern? Ja, sagte ich, wir hätten eine Radtour gemacht. Die Cousine meiner Bekannten Masha, die ich aus Frankfurt kannte und die aus Kiew komme, und ich. Wir seien beim Höhlenkloster gewesen. Es sei mir jetzt zwar ein wenig peinlich, aber ich könne mich daran erinnern, dass Mashas Cousine mit Rock und Pumps auf dem Rad gefahren sei. Ich erinnerte mich jetzt außerdem daran, dass der Rock während der Fahrt immer nach oben gerutscht war. Das wollte ich jetzt aber nicht sagen. Es sollte bei den Anwesenden nicht der Eindruck aufkommen, der Ausflug nach Kiew wäre eine Art Lustreise gewesen. Das war nicht wahr, aber die Wahrheit zu erzählen erschien mir doch zu kompliziert. Ich sagte, dass ich mich im Augenblick zwar an meine Begleitung erinnern könne und an ihr Aussehen – ich dachte vor allem an die Beine – aber nicht an den Namen. Ich hoffte und sagte das auch, der falle mir später noch ein.

Der Kommissar richtete sich dann wieder an Frau Kusmenko und sagte, er müsse ihre Aussagen noch überprüfen und wolle hierzu noch ihre Bekannte, Frau Semenjuk, befragen und natürlich den jungen Herrn Fedorowytsch. Das habe aber nichts damit zu tun und bedeute nicht, dass er ihre Schilderungen nicht glaube. Das sei eher seinem Beruf geschuldet.

Der Kommissar fragte Frau Semenjuk, ob sie alles so erlebt und vor allem gesehen habe wie Frau Kusmenko. Es sei für ihn verständlich, dass sie und Frau Kusmenko gemeinsam die Demonstranten betrachtet und wahrscheinlich auch beide den Schuss gehört hätten. Aber hätten sie dann beide auch gleichzeitig das Motorengeräusch gehört und beide im gleichen Moment auf die Straße zu den Radfahrern hinuntergesehen, nachdem sie beide die Herkunft des Motorenbrummens nicht hätten orten können? Na ja, sagte die Frau mit der Prinz-Eisenherz-Perücke, sie hätten nicht alles simultan gesehen und gehört, wohl aber nur unwesentlich zeitversetzt. Das liege unter Umständen daran, dass ihre Freundin, Frau Kusmenko, das bessere Gehör habe, sie hingegen besser sehe. Sie, Frau Semenjuk, habe denn auch auf die Straße direkt vor dem Haus geschaut, als der Schuss gefallen sei, und habe die beiden Radfahrer schon von Weitem kommen sehen. Sie seien nicht sehr schnell gefahren, und da habe sie die junge Dame mit den leicht rötlichen Haaren etwas genauer angesehen. Sie sei ja schick gekleidet gewesen, fast ein wenig zu fein für das Fahrrad. Aber das sei wohl die Jugend. Sie, Frau Semenjuk, habe ja vor ihrer Chemotherapie auch schöneres Haar gehabt, das sei ihr während der Behandlung ausgefallen und dann nicht mehr so üppig nachgewachsen. Jetzt sehe ihr Kopf ein wenig so aus wie der meine, jedenfalls wenn sie die Perücke absetze. Frau Semenjuk zeigte zu mir herüber und zwinkerte ein wenig mit dem rechten Auge. Ich sollte diese Bemerkung wohl als Scherz verstehen. Also, ehrlicherweise müsse sie zugeben, dass sie sich mehr mit den Köpfen und Haaren beschäftigt habe, als der Schuss gefallen sei. Dann habe sie ihre Freundin auf das Motorengeräusch hingewiesen, und erst dann hätten sie gemeinsam in Richtung der Seitenstraße hinübergeschaut. Weil sie aber beide erst keinen LKW gesehen hätten, habe sie ihrerseits die Freundin auf die Radfahrer hingewiesen. Die junge Dame sei aber zwischenzeitlich schon nicht mehr zu sehen gewesen, weil der Lastwagen auf die Zankovetskoistraße vorgefahren sei. Gemeinsam hätten sie dann aber beobachten können, wie der LKW hinten ausgeschwenkt sei und ich, sie zeigte jetzt wieder auf mein Bett und zwinkerte mir zu, in einem hohen Bogen weggeschleudert worden sei. Sie hätten natürlich über den Vorfall diskutiert und überlegt, wie es gewesen sein könnte, und sich gegenseitig das berichtet, was dem anderen entgangen sei. Im Ergebnis hätten sie beide wohl geglaubt, alles gemeinsam gesehen zu haben, was aber nicht ganz wahr und ihnen bisher auch nicht aufgefallen sei.

Ob sie denn keine Angst verspürt hätten, als draußen geschossen worden sei, fragte der Kommissar. Und wenn sie denn alles so genau beobachtet hätten, warum sie denn nicht schon am Unfallort eine Aussage gegenüber der Polizei gemacht hätten? Frau Kusmenko beeilte sich zu sagen, sie hätten vorher nicht gewusst, dass jemand ermordet werde. Sonst hätten sie die Fenster geschlossen und wären vielleicht in der Küche sitzen geblieben. Als der Schuss gefallen sei, hätten sie sehr schnell mitbekommen, dass die Attentäter fliehen wollten. Damit habe aber für sie auch keine weitere Gefahr bestanden. Das könne man im Übrigen in Filmen so beobachten. Dann hätten sie aber doch die Fenster geschlossen. Sie hätten gesehen, dass sich jemand um den verunglückten Radfahrer gekümmert habe. Mehr hätten sie auch nicht machen können. Von Erster Hilfe hätten sie überhaupt keine Ahnung, und wenn sie geholfen hätten, würde ich – Frau Semenjuk zwinkerte wieder zu mir herüber – wahrscheinlich nicht mehr leben. Die Fenster hätten sie dann zugemacht und die Vorhänge zugezogen, damit sie von der Polizei nicht befragt würden.

Dann hätten sie wahrscheinlich auch nicht erkannt, um was für einen Typ Militärlaster es sich gehandelt habe, fragte der Kommissar noch einmal nach. Na ja, sagte Frau Kusmenko, militärgrün und ziemlich groß.

Die Leute seien ja alle weggesprungen, weil sie nicht hätten überrollt werden wollen. Nur der Herr im Krankenbett habe den Wagen nicht, zumindest aber wohl zu spät bemerkt. Frau Kusmenko blickte jetzt zu mir herüber und sagte, das sei ihr jetzt so herausgerutscht und sei natürlich nicht so böse gemeint, wie es klinge. Schließlich sei ja jetzt klar, für sie sei es ja seit dem Unfall klar, dass ich weder zu den Attentätern gehörte noch zu den Schwulen, die da demonstriert hätten. Das solle ich nicht missverstehen und auch nicht der Herr, wie er denn noch mal heiße, fragte Frau Kusmenko den Kommissar. Sie meinte Herrn Fedorowytsch. Sie habe gar nichts gegen die Homosexuellen, aber es sei für sie schon ein wenig gewöhnungsbedürftig. Sie habe auch gehört, dass man in Europa, also in Westeuropa, ein entspannteres Verhältnis gegenüber Homosexuellen habe. Sie habe ja auch nichts gegen den Club gehabt und dass der eine Herr mit der Fahne jetzt erschossen worden sei, das tue ihr natürlich sehr leid. Irgendwie, gab sie ein bisschen selbstkritisch zu, wollten viele Ukrainer nach Westeuropa, ja, sagte Frau Kusmenko, sie wollten nicht alle einreisen, aber zu Europa dazugehören. Auf der anderen Seite hielten viele Ukrainer gerne an ihren Vorurteilen fest. Man äußere sich ganz offen gegen Schwule, also gegen Homosexuelle, und gegen Juden. Schwarze seien nicht so das Problem, denen sei es in der Ukraine eh zu kalt.

Der Kommissar dankte Frau Kusmenko für ihre hilfreichen Ausführungen und wandte sich dann an Dmytro Fedorowytsch. Ob er denn habe erkennen können, um welche Art von Militärlaster es sich gehandelt habe?

Ob er den Unfall gesehen habe? Was er zu dem Mord sagen könne? Vielleicht habe er den Klarinettenkasten gesehen, in dem das Gewehr nach dem Schuss versteckt worden sei? Er solle doch mal anfangen zu erzählen. Bei der Frage nach dem Klarinettenkasten schien es mir, als könnte sich der Kommissar ein Schmunzeln nur mit aller Mühe verkneifen.

Herr Fedorowytsch hatte die vergangenen drei Stunden noch gar nichts gesagt. Der Kommissar hatte nach zwei Stunden eine kollektive Pipipause angeordnet für die, die sie brauchten, und für die anderen rein prophylaktisch. Er wollte auf keinen Fall, dass ständig jemand auf die Toilette rannte und sein Vernehmungskonzept noch stärker durcheinandergeriete. Er vergewisserte sich daher insbesondere bei Dr. Pawlitschenko, ob er weiter übersetzen könnte. Dr. Pawlitschenko antwortete, dass seine Schicht ohnehin vor einer halben Stunde geendet habe und er unter der Annahme, dass es bei den Kollegen keine Krankmeldungen gebe, bis zum Ende der Befragung zur Verfügung stünde. Es wäre aus seiner Sicht auch ganz gut, wenn die Vernehmung der Zeugen dann zum Jahreswechsel abgeschlossen wäre. Zu Silvester gebe es ja üblicherweise regelmäßig ein paar Einlieferungen mit Schädelfrakturen, da müsste er dann in den OP, alle Ärzte würden dann gebraucht. Außerdem sei die Entwicklung auf dem Maidan noch nicht abzuschätzen. Es gebe regelmäßig Verletzte, und wenn die Lage weiter eskalierte, dann müsste er auch während des orthodoxen Weihnachtsfestes arbeiten. Aber er präferiere natürlich, wenn es nur Verletzte gebe, die er dann verarzten müsste, anstatt noch mehr Tote, auch wenn Letztere für ihn weniger Arbeit bedeuten würden.

Er wisse jetzt nicht, wo er am besten beginnen solle, meinte Fedorowytsch. Bei dem LKW handele es sich um einen KrAZ 256B, der auch im zivilen Bereich im Einsatz sei. Er denke, dass der Schuss von der Kippmulde abgefeuert worden sei. Nicht aus dem Führerhaus, das wäre viel zu offenkundig gewesen. Wahrscheinlich sei der Täter dann von der Kippmulde abgesprungen, bevor der Wagen in Richtung der Straße gefahren sei, so dass dann bei den übrigen Passanten gar nicht der Verdacht aufgekommen sei, der KrAZ und seine beiden Fahrer hätten etwas mit dem Anschlag zu tun. Als der Herr im Krankenbett, damit meinte Fedorowytsch mich, mit dem KrAZ zusammengestoßen sei, habe er zunächst jedenfalls an ein Baufahrzeug gedacht. Fedorowytsch habe beobachtet, wie ich durch die Luft geschleudert worden sei, und sei dann zu mir hingeeilt. Er wolle ehrlich sein, er habe sich erst einmal umgeschaut, denn er habe ja nicht gewusst, wer geschossen habe: Mitglieder des Rechten Sektors, die Polizei oder die Eingreiftruppe des Innenministeriums? Als der LKW dann nicht mehr zu sehen und klar gewesen sei, dass keine weiteren Gewehrkugeln mehr durch die Luft schwirrten, sei er zu mir hinübergegangen, auch um zu sehen, ob ich Hilfe benötigen würde. Da habe aber schon eine junge Dame neben mir gekniet. Er sei dann in einiger Entfernung geblieben. Die Beschreibung, die die beiden älteren Damen, also Frau Kusmenko und ihre Freundin Ludmilla, von der jungen Dame mit dem Fahrrad abgegeben hätten, passe auf die Ersthelferin. Sie habe wohl meinen Atem geprüft. Für ihn, Fedorowytsch, habe es fast so ausgesehen, als ob sie mich geküsst habe. Dann habe sie mich fachgerecht auf die Seite gelegt, wie man das mit Bewusstlosen macht, und sei danach ganz schnell mit ihrem Fahrrad verschwunden. Auf Rufe der Passanten habe sie nicht reagiert. Kurz darauf sei die Polizei am Tatort eingetroffen. Diese habe seine Personalien aufgenommen. Alle Versuche zu erklären, dass er weder mit der Demonstration vor dem Club noch mit dem Mord oder dem Unfall etwas zu tun gehabt habe, seien fruchtlos geblieben. Na ja, er habe jetzt wenigstens etwas zur Klärung beitragen können.

Der Kommissar dankte allen Anwesenden für ihre Disziplin. Der Unfallhergang sei jetzt klar. Offensichtlich hatte der Kommissar es jetzt eilig, denn er wartete nicht darauf, dass Dr. Pawlitschenko übersetzte. Demnach sei der Rechte Sektor beziehungsweise einige seiner Mitglieder wohl auch für meinen Unfall verantwortlich. Außerdem sei jetzt bewiesen, dass man mich zu Unrecht am Anfang einer möglichen Mittäterschaft bezichtigt habe. Andererseits hätte ich ohnehin nicht reisen können, selbst wenn von Anfang an meine Unschuld festgestanden hätte. Wie Dr. Pawlitschenko gesagt habe, sei ich transportunfähig gewesen, vor allem wegen der Lungenverletzung. Die letzten Tage hätte ich natürlich schon reisen können, aber die Fallaufklärung sei mit mir doch leichter gewesen als ohne mich. Dr. Pawlitschenko habe ihm noch mitgeteilt, das könnte Dr. Pawlitschenko natürlich auch selber sagen, dass er sich immer sehr freue

und es ihn mit Stolz erfülle, wenn es ihnen im Krankenhaus in Kiew gelinge, so komplizierte Fälle wie den meinen erfolgreich zum Abschluss zu bringen. Sie machten
das schließlich nicht nur des Geldes wegen, das sie von
der deutschen Krankenversicherung für ihre Aufwen-
dungen bekämen, auch wenn das Geld helfe. Sie rechne-
ten, das sollte er eigentlich gar nicht sagen, aber es wisse
sowieso jeder, immer ein paar Dinge mehr ab, als sie tatsächlich für mich bräuchten. Das könnten sie dann gut
für andere Kranke einsetzen, die nicht genug Geld für
eine Behandlung und die notwendigen Medikamente
hätten. Die Krankenversicherung in Deutschland sehe
großzügig über diese Abrechnungsfehler hinweg, weil
die Behandlung in der Ukraine immer noch wesentlich günstiger sei als in Deutschland. Wenn der Patient
dann möglicherweise auch noch im Ausland versterbe,
was aber in meinem Fall glücklicherweise nicht eingetreten sei, komme die deutsche Versicherung sogar noch
günstiger weg, als wenn der Patient in Deutschland bis
zum bitteren Ende als Pflegefall durchgeschleppt werden
müsse. Jetzt wolle er aber nicht zu sehr abschweifen. In
den nächsten Tagen wollten sie mir ein Flugticket besorgen. Michail könne mich zum Flughafen begleiten.
Sie würden das alles regeln. Ich solle mir nicht zu viele
Gedanken machen. Dann bat der Kommissar schließlich doch noch Dr. Pawlitschenko zu übersetzen und
stellte es ihm anheim, das einfach wegzulassen, was er,
der Kommissar, zu viel ausgeplaudert habe.

Am nächsten Morgen kam Michail und hielt beim
Betreten des Raumes das Flugticket hoch. Es sei auf

den 30. Dezember ausgestellt, dann wäre ich rechtzeitig zum Jahreswechsel zu Hause. Sie hätten auch noch einen dicken Daunenmantel besorgt, weil ich ja nicht mit meinen Badesachen von der Krim zum Flughafen fahren könne, auch wenn es in Deutschland natürlich wärmer sei. Bis zum Abflug komme er jetzt jeden Tag zweimal 90 Minuten. Wir würden dann gemeinsam an meiner Fitness arbeiten, die schon ganz passabel sei. In Deutschland werde mich dann vorsichtshalber ein Krankenwagen abholen, weil die Reise sonst vielleicht doch zu anstrengend würde. Vielleicht wollten sie mich in Frankfurt auch nochmal kurz untersuchen, bevor sie mich nach Hause bringen würden. Wenn ich das nicht wolle, könnte ich den Krankenservice in Deutschland abbestellen.

Am 29. Dezember besuchte mich Michail dreimal, zweimal zur Krankengymnastik und zusätzlich, als das Abendessen verteilt wurde. Er hatte Wurst, Brot, Gurken, geräucherten Fisch und zwei gekochte Eier mitgebracht. Er wolle mit mir zum Abschied noch auf meine Gesundheit anstoßen. Und da man hier in der Ukraine – bei den Russen natürlich ebenso, aber die habe er für heute Abend verständlicherweise nicht eingeladen – ja nie den Wodka pur trinke, sondern stets mit einer entsprechenden Unterlage, habe er eben auch ein wenig zum Essen mitgebracht.

Am nächsten Tag begleitete mich Michail bis zum Flughafen und trug meinen Koffer. Ich wünschte ihm alles Gute, auch für den Kampf auf dem Maidan.

In Deutschland musste ich erst einmal zu mir kommen. Ich musste die Ereignisse der vergangenen drei-einhalb Monate verarbeiten. Im Krankenhaus in Frankfurt hatten sie mich vorsorglich für weitere drei Wochen krankgeschrieben. Wenn ich mehr Zeit benötigen würde, sollte ich mich noch einmal melden. In einem halben Jahr sollte ich auf jeden Fall ein EEG (Elektro-Enzephalogramm) durchführen lassen, um die dauerhafte Rekonvaleszenz nicht zu gefährden.

In den folgenden Tagen und Wochen verfolgte ich die Entwicklung in der Ukraine und auf der Krim mit großer Aufmerksamkeit. In Deutschland war eine große Koalition zwischen CDU und SPD gebildet worden. Ich machte mir keine großen Hoffnungen auf politische Fortschritte, aber ich erwartete auch keine Veränderungen zum Schlechteren. Auch der Einfluss der deutschen Außenpolitik auf die politische Entwicklung in der Ukraine war begrenzt. Da durfte man sich nichts vormachen. Letztendlich war es von untergeordneter Bedeutung, ob die deutsche Außenpolitik von einem Kasper oder einem erfahrenen Minister mit diplomatischem Geschick bestimmt wurde. Die Player saßen nicht in Berlin.

Ende Januar rief ich bei Iulia an. Ich wollte mich zurückmelden und erzählen, was vorgefallen war. Ja, sie habe gehört, was in Kiew passiert sei. Meine Sachen und meine Koffer hätten sie etwas zusammengeräumt und bei Tolik gelagert. Sie hätten sie auch nach Deutschland schicken können, aber es habe keiner so genau gewusst, was die Sachen da sollten. Ich hätte ja doch nichts davon gehabt, wenn meine Sachen in Frankfurt gewesen wären und ich weiterhin in Kiew im Krankenhaus. Ob sie sie jetzt schicken sollten? Ich sagte Iulia, dass ich Anfang März für eine Woche nach Jalta kommen könnte. Es gebe viel zu berichten und irgendwie müsste ich mich auch noch richtig verabschieden.

Mitte Februar rief ich bei Iulia an und gab ihr meine Flugdaten durch. Ich hätte bestimmt mitbekommen, sagte Iulia, dass Janukowitsch verschwunden sei und vermutlich das Land verlassen habe. In Kiew übernähmen jetzt wohl die Kräfte der Maidan-Bewegung die Macht. Für die Krim sei noch nicht so ganz ersichtlich, wohin die Reise gehe. Ich wisse ja, dass die Russen in Sewastopol einen Flottenstützpunkt hätten. Auf der Halbinsel lebten viele Russen und nach und nach hätten moskauorientierte Russen bereits in den vergangenen Jahren wichtige Positionen in der Verwaltung besetzt. Im Augenblick müsse sie jeden Abend zu ihrer kranken Schwester nach Osten Richtung Feodossija fahren und sie dort versorgen. Normalerweise sei die Strecke stockdunkel und sie habe Angst, von der Straße abzukommen. Hilfe käme dann erst am folgenden Tag. Aber jetzt habe sie jedes Mal Lichter im Wald gesehen, nicht taghell, aber deutlich sichtbar. Einmal habe sie auch einen Geländewagen im Dunkeln gesehen. Sie wisse natürlich nicht, ob das ukrainische Fahrzeuge seien. Sie befürchte jedoch, dass die Russen eine Aktion vorbereiteten. Die Scheinwerfer (der Öffentlichkeit) seien auf Kiew gerichtet. Die im Dunkeln sehe man nicht. Sie wolle mir nicht abraten, aber vielleicht wäre es besser, zu einem späteren Zeitpunkt zu fliegen. Im Augenblick sei alles sehr unübersichtlich.

Am 27. Februar 2014 hörte ich in den deutschen Fernsehnachrichten, dass sogenannte grüne Männchen, Soldaten in russischer Uniform, aber ohne Hoheitsabzeichen, das Parlamentsgebäude der Krim in Simferopol besetzt hätten. Putin hatte dann in den folgenden Tagen eingeräumt, dass die grünen Männchen nicht vom Mars gekommen waren, sondern in Moskaus Auftrag handelten. Am 1. März setzte sich eine russlandtreue Regierung auf der Krim ein und erbat von der russischen Regierung (in Moskau) militärischen Beistand. Am 16. März ließ Putin über die Unabhängigkeit der Krim in einem Referendum abstimmen.

Reisen auf die Krim sind weiterhin möglich, allerdings nur über Moskau. Die direkte Verbindung nach Europa ist gekappt.